除了野蛮国家，整个世界都被书统治着。

后读工作室
诚挚出品

A Myriad of Springs Blossom in Shenzhen

聂雄前 著

见个天 看数春 我无

人民东方出版传媒
东方出版社
The Oriental Press

图书在版编目（CIP）数据

我看见无数个春天 / 聂雄前著．
北京：东方出版社，2025.6
ISBN 978-7-5207-4050-0
I.125
中国国家版本馆 CIP 数据核字第 202486G16J 号

我看见无数个春天

WO KANJIAN WUSHU GE CHUNTIAN

作　　者：	聂雄前
策　　划：	姚　恋
责任编辑：	杨　磊
装帧设计：	鲁明静
出　　版：	东方出版社
发　　行：	人民东方出版传媒有限公司
地　　址：	北京市东城区朝阳门内大街 166 号
邮　　编：	100010
印　　刷：	华睿林（天津）印刷有限公司
版　　次：	2025 年 6 月第 1 版
印　　次：	2025 年 6 月第 1 次印刷
开　　本：	640 毫米 ×960 毫米　1/32
印　　张：	10.625
字　　数：	200 千字
书　　号：	ISBN 978-7-5207-4050-0
定　　价：	62.80 元

发行电话：（010）85924663　85924644　85924641

版权所有，违者必究

如有印装质量问题，我社负责调换，请拨打电话：（010）85924602　85924603

自 序

1992年4月,我第一次来到深圳。

此前,我不知道深圳在哪里,零零散散耳边吹过"深圳"这个词,也没有深究。问题来了,湖南省作协的作家一两个月就溜一个,刘美贤、钟铁夫、田舒强、贺慈航、岳立功等,一个接一个地溜到了深圳。而我呢,却是被贺大明逼的。贺大明,何许人也?他是湖南电视台的高级编导,20世纪90年代轰动全国的《老屋》《生命》《共同的太阳》电视专题片的制片人,并屡获"中国电视奖"。

那个清晨,贺大明在省作协大院扯开嗓子喊我的名字,足足喊了六七分钟,对门的瞿科长就敲开了我的门。我匆忙穿上衣服下楼,说:"你疯了?"他说:"救命。"他说着,拉着我的手就走。

原来，贺大明碰上了大难题，他从1991年下半年就想投奔深圳电视台，于是把他获得的大奖一一呈上，无奈深圳电视台的台长担心贺大明的文凭和年龄跟不上改革开放的步伐。大明说，去年两个月内前后四次南下，终于求到了一句话——"拿个好脚本来"。大明说，只有找你了。我说，鬼咧，我不会写脚本，只会写文艺评论。他咬牙切齿地说："你蠢得要死，写评论最高级，我读过你的好多评论。"

我禁不住他的威逼利诱，就把他的电视专题片认真看了几遍，以岳阳的"张谷英大屋"即《老屋》的六百多年的静默岁月为历史背景，从《深圳的斯芬克斯之迷》的章节中，拈出深圳翻身村改革开放的故事，平实地叙述岳阳与深圳两个村庄腾飞的节奏，并取名为《最后的村庄》交给了他。大明说我鬼聪明。

大明主动邀请我到深圳去拍《最后的村庄》，他说费用他全包。我就兴高采烈地跟着他去了，一走出深圳火车站，他就嚷嚷："这么蓝的天，这么白的云，你还不来深圳，你以为你是谁？"好像我不愿意来，也好像他已经是蓝天白云下的深圳人。就在那一次，我一锤子敲定了我在深圳的营生，而可怜的大明，此前四次，此后五次，总共九次南下也没有走进深圳的大门。

我记得，从长沙到深圳的空调列车是全国唯一一趟直达列车，傍晚七点发车，第二天早晨七点到站。全国各地到深圳的列车都停在广州火车站，去深圳出差办事必须有边防证。湖南紧挨着广东，湖南的牲猪要通过深圳运到香港去，水果、蔬菜也要通过深圳运到香港去。在中央领导的关怀下，专门开通了长沙到深圳这趟列车。1992年4月上旬的一天早晨，贺大明熟门熟路地把我带到福田区八卦岭上林苑宾馆，漱个口，吃碗面，就马不停蹄又带我直奔罗湖怡景路深圳电视台。大概十点钟，我们就到了台长的办公室。台长西装革履，第一句话是"小贺，你又来了"，笑眯眯的，第二句话就是"脚本呢"，大明就赶紧递给他。他没看脚本，而是打电话叫人，先叫来了一个女孩，把脚本复印了，然后很快就来了七个人。

我终于知道台长姓陆。陆台长说："你们看看这个脚本写得怎样。"这七个人就低头看脚本。我走进台长办公室就只点了几下头，一句话也没说。在他们看稿子的时候，我才轻松下来，东瞅瞅，西瞅瞅，觉得这办公室真大，装修装饰很和谐，比起湖南省委大院、湖南文联大院和湖南作协大院的办公室，好太多了。《最后的村庄》的脚本字数只有五千字，时长五十五分钟，留了白。大概过了二十分钟，第一个人就站出来了，说："陆台长，这脚本挺好。"然后，第二个、第三个、第四个……都说好，只有一个中年男子提了一点儿意见。陆台长站起来，说："你是小聂？"我连忙点头。他说："自古英雄出少年，前途无量。"我满脸通红。

大明从深圳电视台领取了摄影器材，电视台派了一个司机带着我们到宝安西乡翻身村拍素材。那个时候的翻身村基本上是平房，大片的田野都荒芜了，翻身村村长的名字我不记得了，只清楚地记得他性格豪爽、热情好客。正值春天，明晃晃的太阳挂在天上，他满头大汗地带着我们选景。他不喜欢荒芜的田野，老是说，那栋新建的楼房里有好多好多的高级机器，你们拍一拍；那栋新建的楼房里有好多好多的小妹，每天都运出几千件花衣服，你们拍一拍。大明拍村长家的一只大公鸡，红红的大冠子像一朵盛开的鸡冠花，村长不以为然；拍弯弯的清澈的小河，村长戴着草帽远远坐在河边的树下连连摇头。我跟了大明和村长两天，就被师兄袁铁坚召去了。

铁坚是先我一年到的深圳。他年纪轻轻就当上了母校中文系副主任。我实在不知道他动了哪根筋，在湖南省作协开了一个会就直奔深圳。电视台的司机把我送到民俗村，铁坚在民俗村门口等，他带着我把锦绣中华（小人国）和民俗村深度逛了一圈，然后到村寨管理部喝茶——铁坚已是村寨管理部部长。俊男靓女美不胜收，每一个人都青春勃发，脚不沾地，每一个人都见事做事，毫不犹豫，对比内地的沉闷和慢节奏，我下定决心要落户深圳。

我在铁坚的家里睡了一夜。他的父亲母亲永远都跟着铁坚。在母校饿肚子时，我多次吃过袁妈妈做的饭。老两口儿见到我冒出来，那个殷勤那个喜悦让我感动，然后就做我的工作，要我到深圳来和铁坚做个伴儿。我说，我真的会来。

那个时代通信还没有BP机，只有程控电话。村长家有程控电话，大明把村长家的电话号码给了我，吃完午饭之后我就坐公共汽车回到上林苑宾馆。大明细心，说明天你就去找刘堤洪玩儿，我说我又不认识刘堤洪。大明说，刘堤洪是湖南省新闻出版局局长胡真的女婿。我好像有点儿印象。大明就讲，我叫刘堤洪来接你。

第二天早上八点，刘堤洪真的出现了，从上林苑宾馆走到桂园大概二十分钟。我们俩在东北餐馆吃了两碗热气腾腾的饺子，白白胖胖的堤洪满脸通红。然后，他带着我到电影大厦的办公室，聊了一会儿天，看了半个小时的《深圳特区报》。接着，他拉着我的手就横穿桂园路，从市工商行政管理局大楼边上走过，来到桂园路红围街3号儿童福利中心。堤洪熟门熟路，直接上到女报杂志社办公室。我看到钟铁夫和彭见明，心里一惊，原来他们都来了。十点多钟，又进来了三个汉子，清一色的湖南话，我认识湖南人民出版社的美编戴树铮，其他两个很快也熟悉了，一个是田地，另一个是王佑贵，都是"大神"。我就想："一大群男人能做好《女报》不，深圳怎么就没有女编辑呢？"幸亏，会计戴姨来了，一个湖北女编辑来了。中午堤洪做东，在成都酒楼吃了一顿丰盛的川菜。傍晚时分，拍摄完毕的大明，带着我和堤洪在罗湖东门老街吃了麦当劳。堤洪说，这是中国第一家麦当劳。

最后一天，我和大明到深圳电视台交差，做了一份合同，甲方乙方的责任权利写得清清楚楚，大明在一个月内完成《最后的村庄》的后期制作，冲击1992年度中央电视台的专题片大奖。中间，大明又来了几次深圳，经历过"深圳股市8·10事件"，经历过多次求人未遂。而我呢，铁夫和见明拿到了我的调干通知，我兴高采烈地坐上了傍晚七点钟开往深圳的空调列车。

年度专题片大奖如愿拿到。大明给了我200元的稿费，这是我两个月的工资，而且让我免费去了一趟实行改革开放的深圳。让我凄惶的是，在九次南下仍未走进深圳大门后，大明彻底地失望了，1993年全家远飞美国。三十年过去，我记得大明的夫人姓杨，儿子叫贺天天。

目 录

第一章　春雷响亮 001

　　阿温逃港记 003

　　怒火中烧的正月 021

　　阿超的生死时速 032

　　鹅公坪的风，深圳湾的水 046

　　乡愁与城愁 064

第二章　春潮奔涌 077

　　深圳的灵魂 079

　　胸膛是一面大鼓 082

你可听过云雀的歌唱 084

为中国寻梦的边缘人 087

城市的背面 096

哭打工妹陈永红 099

永不绝望 102

做一个神奇的送信人 105

2002 年 9 月 15 日 18 时 109

玫瑰之约 111

涛声依旧 114

第三章　春暖花开 117

乾坤万里眼　时序百年心
　　——《邹传安全集·文字卷》序 119

邹传安的善意
　　——邹传安《工笔花鸟画技法》前言 133

张小纲的水彩画 138

景丽莉的花鸟精神 149

潘喜良的人物画 163

岳峰的篆刻艺术 177

山高水长叶建强 187

放大的家园
　　——读李世南近期画作随感 193

湘粤人文磨合的成功样本 203

第四章　春回大地 213

亲爱的表弟 215

青涩女孩成长记 241

希望不死 247

脚踏在祖国的土地上 253

喜欢折腾的两兄弟 265

最后一滴泪 274

后记：为深圳的青春文化寻找注脚 318

第一章 春雷响亮

阿温逃港记

一

1975年7月,温展云同学初中毕业了。他一直在东莞塘厦中学读书,一直当班长,一直是体育运动和文娱宣传的骨干。在他同年级的三个班中,他的成绩始终名列前茅,位列前十。初中毕业考试的成绩公布后,温展云同学满怀信心地去看榜,左看右看都没有看到自己的名字。他就去问他的班主任,班主任支支吾吾;他再去问塘厦中学的校长,校长说:"你家阶级成分高,书读得越多就越危险,还是死了这条心吧。"

阿温回到家后大哭了一场。知子莫若父,他的父母知道阿温性格倔强,就安排兄弟姐妹盯一盯,确保家里不起幺蛾子。阿温有五个兄弟姐妹,姐姐最大,妹妹最小,中间是三个兄弟,阿温排行第二。阿温在家里不吃不喝,睡了四五天,经不起父母和兄弟姐妹的亲情抚慰,终于爬起来了,但眼神依旧空洞,天天大门不出、二门不迈。直到他的一个亲戚来他家,说惠阳地区文工团正在招生,要不要去试一试。阿温一听,一骨碌从床上爬起来,洗刷、穿衣、照镜子,叫姐姐帮他剪头理发,活生生的一个"曾志伟"。吃完午饭,他跟着亲戚坐了四个小时左右的公共汽车来到惠阳,在亲戚家住了一晚。第二天一大早,他就守在惠阳地区文工团门口。七点钟文工团的大门没有开,八点钟的时候终于来了一个人,是汕头地区一个小青年,到八点三十分时,稀稀拉拉地来了二十来个俊男靓女。八点三十分之后,竟然又来了三十多个人。九点一到,工作人员就开始发报名表。宣传部领导、文工团团长、编剧和两位优秀演员坐在排练厅前排打分,五六十个文艺青年依次上台展示才艺。

　　阿温尽管是最早来的,但他绝不出头,等到二十多个人表演之后他才站了出来。他从小就能歌善舞,一直有"小曾志伟"之称。他走上台,脸不变色心不跳,安安静静,像一棵松一样站着。十秒钟,三十秒钟,四十五秒钟,当台下观众开始要发笑的时候,阿温稳准狠地唱出"穿林海,跨雪原,气冲霄汉……"跨雪原的三个啊，气冲霄汉的六个啊……完全对标童祥苓的动作、声音和气势。台下的掌声雷动，至少持续了三分钟，五位老师更是第一次站起来为他鼓掌。作为"文革"末期的地区文工团，宣传"打偷渡、保经济"的任务非常重要。在阿温之前的二十多个文艺青年中，只有一两个获得了稀稀拉拉的掌声；在阿温之后的三四十个文艺青年中，也没有一个人的掌声超过他。一上午下来，五位老师都给阿温投了票。然而，当宣传部部长问及他的"家庭出身"时，阿温就活生生地被刷下来了。

阿温没有哭。

二

阿温的父亲找了许多关系，把阿温搞进了塘厦农机厂当学徒，工钱每月15元。但是他还是执着地热爱文娱宣传工作，先是当了塘厦人民公社文娱宣传队副队长，边工作边排练，后来把文娱宣传队直接搬到塘厦农机厂边上的一个仓库。1978年年初，阿温的哥哥咬着牙锻炼身体，每天早上五点起床，跑步十公里、游泳一公里，风雨无阻。他拉了弟弟阿温，也拉了几个没有读高中的同学，没想到在两三个月的时间里，跑步和游泳的队伍越来越壮大，有三十多个小伙子参与进来。中华人民共和国成立三十年，"中国改革实践第一人"袁庚回忆说，那时，港英当局每天从文锦渡押回的非法外流人员就有四五百人。"游泳"这个词，在界河这边完完全全是一个讳莫如深的话题，提起游泳就有偷渡的嫌疑。幸亏，1978年9月全国游泳比赛在东莞县举行，几乎所有的人都没有想到，阿温的哥哥就钻了这个空子，在中秋节之前的十几天逃港了。阿温肯定和他哥哥商量过，但为避嫌疑，阿温提前和同事到东莞县城看了三天游泳比赛。

阿温他哥偷渡成没成功？一点儿消息也没有。阿温的娘天天在祈祷，阿温的爹天天苦着脸，嫁出去的大姐火速从外县赶回，阿温的弟弟和妹妹老老实实在家反省。批判他哥的大字报贴得铺天盖地，关键是被人民公社罚了500元，阿温家死也拿不出这么多钱，只好将多年积攒买来的永久牌自行车和蝴蝶牌缝纫机抵押给公社，公社领导说钱还不够，阿温的爹求爷爷告奶奶地花了大半个月时间才筹集到剩下的钱。还好，盼星星盼月亮终于盼到了逃港的哥哥有消息了，界河对面的塘厦老乡在个把月之后辗转报了平安。之前阿温的哥哥逃港是死是活都不知道，报平安的塘厦老乡辗转告诉阿温一家，阿温的哥哥第一夜跑到了梅林山潜伏下来，第二夜花了三个小时急行军到沙河口，花了四五个小时在深圳湾顺风顺水地游到了新界。个把月的阴霾终于散去，大儿子如此幸运地逃港，真是菩萨保佑呵！阿温的爹很开心，唱着歌吹着口哨请亲戚和邻居吃了一顿饭。阿温的爹一直是做月饼、点心的大师傅，方圆几里地的喜事丧事都有他的影子。阿温清清楚楚地记得，他从来没有看到他爹如此开心过。

在阿温哥哥生死不知的日子里，阿温像只无头苍蝇一样打探各种各样的消息。有一天，他哥的一个朋友约阿温到一间冰室里喝冰水，想让他的弟弟逃港。阿温就说一个人搞不定，至少要两个人才能相互照应。他哥的朋友就说："只要你牵头，十个八个都有。"阿温的豪气就上来了，说："四个人最好，我牵头，你弟弟耐力好，其他两个一定要选身体强壮、游泳出众的伙伴！"

三

那年的中秋节是 9 月 17 日。阿温第一天在塘厦供销社买了一双运动鞋，第二天到东莞县城百货商店买了一个橡皮枕头，第三天向一个亲戚软磨硬泡借了一个指南针，第四天阿温再次检视自己的前途与命运，清醒确认自己不是培养对象。

第五天中午下班，阿温召集三个伙计看南斯拉夫电影《桥》，四个人起码看过十遍这部电影了，完全是为了平复悸动的心。

大概是下午四点，他们登上塘厦火车站的列车，花了一个小时到了观澜牛湖，晚上急行军三个小时藏到坂田光头岭石鼓大队的甘蔗地里。那晚下大雨，他们一直哼着电影《桥》的主题曲《啊，朋友再见》："啊朋友再见，啊朋友再见，啊朋友再见吧，再见吧，再见吧！一天早晨从梦中醒来，侵略者闯进我家乡。啊游击队呀，快带我走吧，我实在不能再忍受。啊如果我在战斗中牺牲，你一定把我来埋葬，请把我埋在，高高的山岗，再插上一朵美丽的花。"雨水和泪水交织在一起，阿温不断地为三个伙伴打气。天亮后，他们一直匍匐在草丛里，到下午三四点，他们悄无声息地溜到了梅林山。到晚上八九点钟，他们看到对岸的万家灯火，阿温说："那边是天堂，死都要死到那里！"

塘厦到福田大概百里路，阿温一伙儿从来没来过，塘厦是国防二线，福田是国防一线，一线和二线的人民群众口音基本相同。当阿温他们打听到梅林山已是一线时，他们内心欢呼雀跃。第七天下午四点左右，两个基干民兵做例行的巡逻，不承想在梅林山深处和阿温一伙儿撞上，民兵一人拿着一根长棍，一眼就看出阿温一伙儿是偷渡者。阿温变成了一个亡命之徒，声嘶力竭地大喊："两个两个一边，把棍子抢下来。"阿温一伙儿人里有个一米八几的大个子，一把就抢了一个民兵的长棍，另一个民兵立即把长棍丢到了地上。阿温开始谈判，把他准备的药品、三公斤牛肉干都给了那两个民兵。民兵告诉他："今晚放电影，是个好机会，你们中途从梅林水库游过去，沿着公路边埋伏。"阿温把民兵的话记在心里，看了半个多小时的电影，就开始撤退，在去梅林水库泅渡的路上，隐隐约约有人在跟踪，阿温急了，让三个人赶紧走。他自己闪到一棵大树边上，发现果然有两个人在跟踪。阿温出其不意地跳出来，一问是两个增城人，想偷渡。阿温问他们能游多久，增城人说已经练了两年多的游泳功夫。

阿温就答应了。

从梅林水库西边到深圳湾也就十几里路，白天在山上摘野果充饥，下午五点钟在国防公路路边的草丛中埋伏，认真摸清边防军巡逻的规律：第一组是三个士兵加一条狼狗，第二组只有三个士兵，第三组也只有三个士兵，然后循环往复。后来才知道，这国防公路就在现在的华侨城洲际大酒店旁边。等到七点多，天就黑了，阿温一伙儿从北边的草丛中飞跑出来，不到三分钟，就被狼狗发现了，幸亏四个人都身经残酷的训练。阿温撞到一个小草堆，翻了过去就是深圳湾，三个人拼命跟上去。两个增城人愣了一会儿，就被狼狗扑倒了。

阿温一伙儿四人在浅滩上飞奔，运动鞋很快就成了累赘。他们接近深水区的时候，齐刷刷用三口大气吹足了三个橡皮枕头，然后用一根结实的麻绳把橡皮枕头斜捆到背上。阿温真的是越逢大事越镇静，他竟然还拿出指南针辨别方向，发现偏了两度。阿温一伙儿游了两个多小时到达深圳湾的第一个航标，然后爬上铁架上的灯塔养精蓄锐。阿温一伙儿中的大个子抽筋了，阿温尽全力帮他做拉伸。大概过了二十分钟，阿温一伙儿又游了两个多小时，到达香港那边的第二个航标。他们又爬上铁架上的灯塔想歇一口气，不想香港的巡逻艇飞也似的飙来，围着铁塔转了三个圈，香港水警大声喊话："我们看到你们了，赶紧下来，你们三个人赶紧投降！"阿温想：我们明明是四个人，香港水警难道瞎了？原来阿温还在给大个子做拉伸，阿温个子小小的，只露出灯塔下的一个头，大个子牛高马大坐在灯塔铁架第二级，完全把阿温遮住了。阿温人小鬼大，心说：切！你们三人投降吧，我躲到这里再游过去。他们三人就一个接一个从铁架上跳下水，巡逻艇停在那里放下舷梯让他们上艇。幽默的是，阿温还是被发现了，香港水警说："你们再晚十分钟，我们就收工了。"阿温一伙儿气得吐血。

阿温一上岸，就闻到了香味，他从来没有闻到过这种香味。他就想，香港真好啊，泥巴都是香的。香港水警把阿温一伙儿送到打鼓岭一个差馆（警局），先让他们洗澡，然后给每个人发了两套衣服。阿温一伙儿已经饿得不行，就低眉顺眼地问能不能吃几口饭，阿Sir彬彬有礼地告诉他们早准备好了，阿温一看餐厅里有几十个偷渡者都在吃咖喱鸡饭和天府花生，他们四人就狼吞虎咽地吃起来，那个大个子竟然吃了两份。然后阿Sir就让几十个偷渡者在两间大房子里打盹儿。早晨八九点钟，他们又吃了一顿咖喱鸡饭和天府花生。接着，一位女警官细声细气地和几十个偷渡者谈话，讲香港反偷渡的政策，要求他们遵守香港的法律，并一条一条地给他们解释。到下午一点多，他们又吃了一顿咖喱鸡饭和天府花生。

然后几辆警车就来了，阿温特别机灵，一跳上警车就守在后门的窗口，睁大眼睛盯着外面的世界。香港广告牌遍地都是英文，阿温一个字都不认识。车子开了三个多小时，他只认识四个字——"中国皮鞋"。大概五点钟，在文锦渡口岸，内地和港方的偷渡者进行交接仪式，在内地抓到的偷渡者叫"泥蛇"，在香港抓到的偷渡者叫"水蛇"，毫无疑问，在内地抓到的偷渡者远远多于香港。香港的几辆警车掉个头把车屁股放在港方的地盘上，中国的货车掉个头把车屁股放在内地的地盘上，一条红线，内地的车是空空的，港方的车是满满的。港方的"水蛇"爬上解放牌汽车后，直接就被拖到莞城收容所。东莞一个姓李的武装部部长守在收容所，直接以担心串供为由，把阿温一伙儿打散，一个一个地写材料，多次套路他们四人。幸亏阿温四人的材料基本一致，无非就是太穷了。三天后，东莞的几十条"水蛇"够满了一车，就开始一个礼拜的游街，所到之处人山人海，大多数是看客，少数人唉声叹气。

四

特别爱面子的阿温，当过文娱宣传队队长的阿温，得过无数次百米跑第一名的阿温，真的蔫巴巴了。半年多时间，阿温老老实实在人民公社种庄稼，领微薄的工分。谁都想不到，阿温一直在认真琢磨地图，脑海里把宝安县的地图路线搞得清清楚楚。

阿温开始单打独斗，他千方百计打听到东线莲塘的铁丝网有狼狗放哨，他从小就怕狗，更何况是狼狗，阿温就放弃了东线；在西线深圳湾已经碰了一次铁板，那五六个小时的海水浸泡让阿温脱了一层皮，游泳没伴儿太危险。那就只有中线罗湖火车站有隙可乘，阿温左思右想，确定在笋岗火车站扒火车。1979年4月，阿温熟门熟路地从塘厦火车站坐到观澜牛湖火车站，下车后带着干粮昼伏夜出，两天两夜后，在笋岗火车站等到了一列装着水牛的货车，货车车厢上严实地盖着帆布。凌晨五点多钟，阿温不声不响地用刀割断一根绳子，迅速蹲到车厢一个角落藏起来。大概过了二十分钟，火车直奔罗湖火车站，接受半个多小时的检查——谁会想到水牛肚下还有一个偷渡者阿温——就放行了。火车吭哧吭哧、慢慢悠悠开向香港大埔墟站，做好各种准备的阿温提前从火车上跳了下去。

阿温之前看了很多香港影碟，清清楚楚知道，从陆地上偷渡绝对不能穿破衣烂裤，他早就准备了西装革履。在跳下火车的那一瞬间，他毫发无损，立马就往铁轨边上的树林里钻，三下五除二脱下带着牛屎味的衣服，还没等到裤子拉上，一队五人的尼泊尔雇佣兵就把他团团围住。

阿温开始还试图沟通，半分钟后就知道这是鸡同鸭讲。阿温乖乖地举起手来，被五个雇佣兵带到附近的警局。这次阿温没吃咖喱鸡饭，也没吃天府花生，警官简单地问了几个问题，就让他吃了一碗面条，然后用警车把他送到文锦渡口。

阿温愤愤不平，在香港都没有睡一晚，也没有和哥哥见一面。内地的警察连夜把他送到樟木头收容所，关了一个星期，然后十里八乡游街，再罚钱。

阿温呢，死猪不怕开水烫。

五

不到一个月，阿温横下一条心又纠集了两位街坊邻里。这两个小伙子一直在跑团，孜孜不倦地练游泳练耐力，时刻都在准备偷渡。阿温说，这一次还不成功，我就一头撞死。其中一个小伙子告诉阿温，他爸天天在家烧香敬菩萨，应该会成功的。阿温还是有些心虚，把干粮、橡皮枕头、指南针、药品等备齐之后，第一次主动跪在堂屋的神龛下，足足静默了三分钟，还叩了三个响头。

阿温清楚记得，第三次逃港的时间是1979年5月18日。三个人在塘厦火车站上车，到观澜牛湖火车站下车，然后急行军六七个小时到达梅林山，差不多天就快亮了。阿温发现梅林山的山顶上有一大片麦田，他们三人就钻进麦田的深处躲藏下来。经过一白天毛毛细雨的洗礼之后，牛蛙的叫声此起彼伏，夜黑得深沉。阿温又想从梅林水库游过去，一摸口袋空空如也，里面的指南针竟然不见了，阿温吓出一身冷汗。梅林水库这么宽阔，黑乎乎的一大片，阿温就说，我们转个圈往西边走,最多也就两三个小时到深圳湾。万万没有想到,他们沿着塘朗山走,在一条羊肠小道上拐个弯就走到了塘朗山的北边,越走越远,一直走到了宝安的羊台山。

天亮了。阿温哭了。

跟着他的两个小伙子也苦着脸。阿温说:"这一次真的是碰上鬼打墙、迷魂阵,我们不能在这里等死,赶快把橡皮枕头和药品埋到土里,每个人只留一点点干粮,赶快把换洗衣服拿出来穿上,不能留下一点点破绽。"然后三个人买了第一班从宝安到惠阳的公共汽车票。为什么要这么安排呢?阿温说,往南边走就是界河那边,检查得很严格;往北边走就是内陆,检查应该很随便。最重要的是,阿温需要扯一个谎才能圆了前两天失联的场,他就带着两个小伙子到惠州的姐姐家住了一天,然后,就说三人走亲戚去了,并且兴高采烈地拿出回家的车票亮一亮。

六

不到黄河心不死,正是阿温的画像。

1979年8月,他和一个姓冯的小伙子结伴从蛇口偷渡。那一晚下水时风平浪静,一个多小时之后风雨大作,他们花了六七个小时才上岸，泥一脚水一脚爬到打鼓岭，好不容易藏到茂盛的草丛里。阿冯在上午八九点钟就顶不住了，偷偷地从草丛中爬出来想找点儿吃的，不承想被巡逻队发现，还暴露了阿温的藏身处。还是那个打鼓岭的差馆（警局），还是吃咖喱鸡饭和天府花生，还是发两套衣服，还是在文锦渡口交接……

下午四点钟，阿温、阿冯被送回东莞大朗园看守所。大朗园看守所的偷渡者有一千多人，那一天恰恰是看守所的"剃头日"，有十几个剃头匠在操场上把所有的偷渡者剃成光头，然后这些偷渡者鱼贯而入进了牢仓。阿温鬼聪明，拿了一件衣服包了头混到光头队伍里面。牢仓有两层，熟人必须分开睡觉，以免串供。半夜时分，楼上的仓霸找阿冯要香烟，阿冯说："我只有两包烟，也不知道要关多久。"然后就给仓霸递上两根烟，仓霸冷笑一声，挥手就打了阿冯三个耳光。阿冯哭着大喊阿温，阿温一个滚子就爬起来，顺手就摸到了一个啤酒瓶，飞也似的三步并作两步跑过去，举起啤酒瓶就往仓霸的头上砸。仓霸的马仔纷纷从床铺上起来，阿温和阿冯背靠着背，拼命地打，把一个马仔直接打倒在尿桶旁边，一直拿着半截啤酒瓶的阿温，竟然在拼命时将自己的大腿上刺了一个洞。眼看敌众我寡，岌岌可危，阿温大喊："我是塘厦人，如果塘厦人愿意帮塘厦人，就赶快起来打呀！"

东莞大朗园看守所是两层楼，一楼、二楼都有十几间房，每间房有二三十个上下铺。阿温冲天一喊，就看到一个人拿起一块床板开打，这一人开打，一大半的塘厦人就开打。阿温走近几步，我的天啊，竟然是他的班主任黄老师！黄老师见到他的班长，就振臂一呼："阿温，守住楼梯口，谁敢下楼就打谁！"这么大的声响，当然惊动了隔壁房间的偷渡者，阿温的那个房间被堵得水泄不通；很快，这么大的声响，也惊动了一楼的看守所警察，要不是阿温死死地守住二楼的楼梯口，二楼的偷渡者一定会连滚带爬去一楼，甚至越狱，那就是爆雷的事故。

阿温在东莞大朗园看守所被关了七天，最后一天的下午四点，广播里一直在喊名字，"温展云交赎金""冯某某交赎金"，但阿温和阿冯已无分文，到下午七点左右才有亲人来送赎金，赎金一人130元。阿温就想，我哥一年前偷渡出去被罚了500元，我偷渡只被罚了130元，真的划得来。

阿温包着头回到家里，一路上都在唱歌。

七

1949年10月19日,深圳解放。从1951年起,深港双方封锁了边界。之后的二十年里,深圳及周边地区,共出现了四次大规模偷渡。第一次是1957年前后,实行公社化运动期间,外逃5000多人;第二次是1961年,经济困难时期,外逃19000人;第三次是1972年,外逃20000人;第四次是1979年,撤县建市初期,有7万多人沿着几条公路成群结队地拥向边境线,伺机越境,最后外逃30000人。官方数据说,历年来参加外逃的总共有119274人次,其中已逃到香港的有60157人。一名叫刘宝树的本地乡贤却对上述数字表示怀疑,据他估计,外逃成功者至少有30万人,参与逃港者不下100万人。

阿温四次逃港的经历,基本暗合刘宝树先生的判断。三次偷渡到香港被遣返,一次在宝安羊台山陷入鬼打墙,阿温差不多是世界上最倒霉的人了。但物极必反,1979年被认定为经济细胞的复苏之年,也是对深圳来说具有至关重要意义的时段。希望从废墟中破土,改革在躁动中萌生。如今回望四十多年的发展历程,无论对1979年怎样看重都毫不为过。这一年,诗人北岛写下了《岗位》:"我的时代在背后/突然敲响大鼓",任何对深圳历史稍有了解的人,都不会否认1977年11月是一个重大的转折点——一个人口不到三万的边陲小镇,首次闯入邓小平的视野。他把广东作为首次视察全国的第一站,看到深圳边防部队对愈演愈烈的逃港事件几乎无力防守,沉默了许久,然后背过身十分肯定地说了句话:"这是我们的政策有问题,此事不是部队能够管得了的。"

邓小平同志在时代的背后,突然敲响大鼓。

实事求是的省委书记吴南生,也花了一年多时间才揭开谜底。他发现了一件蹊跷的事,深圳有个罗芳村,河对岸的新界也有个罗芳村,奇怪的是,深圳罗芳村的人均年收入是134元,而新界罗芳村的人均年收入是13000元;宝安一个农民劳动日收入为0.70元到1.20元,而香港农民劳动日收入为60港币到70港币,两者相差近100倍。眼前的事实终于使省委书记恍然大悟,他终于明白了邓小平那句话的含义。

老百姓是用脚来投票的!经济收入对比如此之悬殊,难怪人心向外了。叶剑英、习仲勋、谷牧、吴南生、袁庚等老同志达成共识:制止偷渡,最根本的办法是发展生产力,真正提高人民生活水平。邓小平同志对深圳一直念念不忘,在中央会议上几次出人意料地点到了深圳,并迅速将它推向了改革的浪尖。

"1979年/那是一个春天/有一位老人/在中国的南海边画了一个圈/神话般地崛起座座城/奇迹般地聚起座座金山/春雷啊唤醒了长城内外/春晖啊暖透了大江两岸/啊中国，啊中国/你迈开了气壮山河的新步伐……"阿温嗅觉敏锐，打死都不会再当偷渡者了。他在20世纪80年代初期被招入深圳特区报报社当后勤，几年后跟着报社一位领导筹建海天出版社，一直在社里兢兢业业做后勤工作，2018年光荣退休。我有幸和他共事四年，学到了他的乐观和认真。

社里很多人都对他念念不忘，为什么？是他的传奇人生。我第一次听到他那九死一生的经历，他的人和事让我心生无限感慨。

最后，阿温说他有三个想不到。第一个想不到：他哥六十七岁了，还要在香港打两份工，这是不是风水轮流转了？第二个想不到：他唯一的儿子快四十岁了还不找女朋友，他真的很急。第三个想不到：他崇拜五十年的偶像曾志伟怎么变成了坏蛋呢？

我告诉他，曾志伟好像不是坏蛋。

怒火中烧的正月

一

1975年大年初一大清早,鹅公坪沉寂的土地上突然响起了惊天动地的哭骂声。我爹和我娘急忙披衣起床,我爹准备打开堂屋大门,我娘一把将他扯住,说:"新年大吉,你要信点儿忌讳,外面什么情况你都不知道,急急忙忙干啥?"接着,我娘就叫我起床,要我出去看看情况。我高高兴兴就答应了,脸也没洗就跑了出去。

哭骂声是从西边传来的,我循着哭骂声而去,很快就走到了邓家畲生产队那户王姓人家,只见他家已是一片狼藉。孙家嫂子带着三个女儿疯狂打砸:嫂子拿着一根棍子见人就打；大女儿孙玉梅，拿着一把铁钳到处敲打；二女儿拿着一把扫帚到处袭击；三女儿大概只有五岁，站在墙角里瑟瑟发抖。王家嫂子个头儿很小，又有残疾，却毫不畏惧，吆喝大女儿、二儿子和三女儿奋起抵抗，她气呼呼地大骂孙家嫂子："你咯哒骚麻屁，你咯哒偷人婆，你还有脸来我家打砸抢呵，我拼死咯条命也要把你做的丑事揭发出来，告诉大队所有人，告诉公社所有人，告诉区里所有人，看你有脸活下去不，看你还骚不骚？……"在我来之前，已有两三个人在看架拉架，这一轮下来，邓家畲生产队几乎所有男男女女都来看热闹了，连相邻的鹅公坪生产队也来了一大半人。

两家的男主人都没有出现，想必都躲在自家屋里，一个懊悔，一个愤怒。

邓家畲生产队队长邓初冬也赶来了。初冬队长气得浑身发抖："新年大吉，你们一大早就骂天骂地，就不怕天打五雷轰吗？你们两家都有吃国家粮的，什么觉悟呵？什么境界呵？奸夫淫妇，丑死人了！要骂就到马路上去骂，要打就到马路上去打，反正你们也不要脸了，走，到马路上去！"泼辣的秋娥姐姐上前拖着孙家嫂子就走，初冬队长则顺手抱起孙家三女儿，催促着孙家大女儿、二女儿赶快回家。

这场架把王家嫂子的饭锅、菜锅、水缸都敲碎了，竹椅子和木凳子也损坏了几把。看架拉架的人都心中有数，看到要损坏柜子啊，桌子啊，床铺啥的，就有人紧紧拉住。把饭锅、菜锅、水缸敲碎是理所当然的——你奸了别人家的女人，一定要付出代价，不然这把火怎么发泄得出来呢？打一阵，骂一阵；再打一阵，再骂一阵，扎扎实实打骂了两个多小时，鹅公坪和邓家畲男男女女、老老少少都知道了这件事。秋娥姐姐拖着孙家嫂子出门，出了一身大汗，然后搀扶着哭得上气不接下气的孙家嫂子慢慢往家走。刚刚走到她家的地坪上，嫂子突然转身直奔邓家大塘而去。秋娥姐姐愣了一两分钟，随即凄厉地大喊："救命呵！救命呵！"

男男女女三三两两地聚在晒谷坪上嚼舌根，听到凄厉的"救命"声，两三分钟就赶到邓家大塘边。此时，嫂子已离开塘基十米远了，只看到一丛头发还漂在水上。邓初冬和邓家畲的一位后生朱云飞边跑边脱下棉衣、棉裤、布鞋，只留下一条短裤，跳入塘中。一个揪着她的头发，另一个拉着她的手臂，三下五除二就把她拖上塘基。见她神志还算清醒，邓初冬就立即安排四个人把她抬回家，叮嘱不要仰面向天抬，要胸脯向下抬，前面两个一手抓肩膀一手抓手臂，后面两个一手抱肚子一手抱膝盖，这样水就倒出来了。初冬和云飞冻得牙齿打战，急急忙忙回家烧一大把柴火，把寒气逼出来。云飞就提要求:"队长哥呵,我们奋不顾身抢救出一条生命,你总要打发我们一个包封吧。"

"打发个屁,谁给老子打包封?"初冬队长说。

二

这是一根人参引发的血案。

大概两年前,王家大哥拿回一根人参交给堂客,说:"去年你立了功,给我又添了一个崽,我现在双儿双女,每天睡着都会笑醒。这根人参奖励你,花了二十元从药店买的,好珍贵好珍贵哩!"众所周知,长白山野生人参大补,能够救命,鹅公坪最宽裕的人家也只能喝几口参须汤,王家大哥真是下了血本了。王家嫂子很感动,就认认真真把这根人参包得严严实实,藏到柜子深处。

不承想,去年的九月初,孙家嫂子又生了一个女儿。按乡里风俗,邻里邻居谁家生了宝宝或死了人,都是要去探望的。王家嫂子当然也去探望,问寒问暖呵,讲几句吉利话呵。孙家嫂子还在坐月子,王家嫂子坐在床沿上和她亲热地聊天,赞美毛毛(婴儿)长得精致。宾主尽兴之际,王家嫂子就看到一根人参摆在床头柜上,她指着这根人参说:"你真的有福气咧，你家老孙真的爱惜你哩，这么珍贵的宝物要多少钱才买得到啊？"孙家嫂子说："老孙讲，只花了二十元咧。"王家嫂子笑眯眯地回家了。

回到家，她直奔收藏着珍贵人参的柜子，左翻一遍，右翻一遍，人参当然是不见了。她偷偷地大哭一场，她不是哭人参没了，而是哭男人很快就没了。为什么男人会没了？王家大哥尽管是孤儿出身，但书读得好，字写得好，浓眉大眼，身材修长，头脑灵泛，很年轻就当了乡村干部。而她个头儿矮小，有残疾，三十多岁就成了黄脸婆，养家糊口全靠王家大哥。她冰雪聪明，知道自己一闹必定家破人亡，乱搞男女关系在当时可是流氓罪，谁来养这些孩子呢。她就忍，她就咬牙，她就想招数。

想呵想，她就想清楚了，孙家大哥在外省的机械厂当工人，每年只有两次假，一次是"双抢"时的十五天假，另一次是春节的七天假。俗话说十月怀胎，孙家大哥最早也得是去年二月上旬才休春节探亲假，九月初就生娃，时间完全不对啊。电光石火间，她就抓住了孙家嫂子的死穴。

此后，她一两个月就去探望孙家嫂子一次，有时带点儿补品，有时带点儿糍粑，有时带点儿糖果，每一次都称赞这个小毛毛长得精致，长大后一定比三个姐姐都漂亮。

然后，她就被鹅公坪的乡亲们当成了蠢妇人。

有人暗示她："嫂子呵，你要看紧大哥一点儿，现在好多妹叽都喜欢他哩。"

她就顶一句："都老夫老妻的了，谁喜欢谁拿去就是了。"

有人说："嫂子，有人讲生产队有个毛毛长得和你大女儿小时候一模一样，你晓得不？"

她就气呼呼地发飙道："谁说的，我现在就去撕烂他（她）的嘴。"

有人就肝胆相照："蠢嫂子呵，你想一想，×××七个月就生女，你有这个本领不？"

她一个手指一个手指地数，数了两遍。然后，她"哇"的一声哭了起来，哭得撕心裂肺，哭得痛不欲生，哭得山河变色。

她瘫坐在地上，伤心欲绝。七八个妇女有的拍后背，有的递手帕，有的端茶水，众口一词谴责孙家嫂子：有的说这女人家确实太骚了，天天涂脂抹粉的；有的说这堂客每天穿得花枝招展，肯定天天想着偷人；还有人欲言又止，吞吞吐吐地说，只怕奸情也不是一年两年了，好像有人在深夜碰到过你男人的单车停在她家屋后呢。

她听完爬起来，直愣愣地往塘边走去。当然，她心里有数，死不了。

她养了一天精神。丈夫骑着车回来过周末了，她做了一桌相对丰盛的饭菜，吃完后轻声细语给大哥讲，今晚我要办个事，你就不参加了，好好在家带一次崽。然后，她就带着两女一崽一人背一条凳子出门了，大哥还以为他们是去看电影呢。

她直奔晒谷坪而去，叫大女儿去初冬队长家借了一把柴刀和一个脚盆，叫儿子到云飞叔叽家借了一面铜锣。她把脚盆扣过来，从裤袋里取出一双破鞋丢到脚盆里，然后就叫儿子敲铜锣，重重地敲，狠狠地敲，敲了三四分钟，家家户户都有人出来了。于是，她就摆开阵势骂冲天娘。

首先，她痛诉家史。她问乡亲们："我×××嫁到邓家畲有多少年了，有十六年了呵，你们看到我不尊重长辈不？不亲近邻居不？和哪个邻居吵过架不？出过恶言不？"

乡亲们众口一词："没有，没有。"

她再问乡亲们："我×××有自知之明，我三泡牛屎高，要长相没长相，要身材没身材，要文化没文化，我就只有埋头做工，埋头相夫教子，尽量不给老王添麻烦。你们说，我在鹅公坪十六年是不是这样做的？"

乡亲们都说："是这样做的，是这样做的。"

她就号啕大哭,说:"×得了呵,我的家要散了呢,我的四个崽女要吃苦了呢。我不要紧,上个吊投个塘喝瓶农药就一了百了,但老王怎么办呵?我那苦命的四个崽女怎么办呵?我要拜托给你们咧!"

晒谷坪上顿时响起一片唏嘘声。站在邓家畲晒谷坪上的这大几十号人,大半此前就听过传言。此刻听当事人亲口挑明,众人心里都明白问题严重了,三三两两凑到一起,嗡嗡的议论声响成一片。

接着,她拿起两只破鞋,每讲一句,就重重地拍一下脚盆底,指名道姓列举着孙家嫂子的十条罪状。

"第一条,×××不守妇道,每一年春节都带着她老公到我家喝酒拜年,到现在我才知道,她是专门来勾引我家老王的,专门来给她老公戴绿帽子的,大家说她可恶不可恶?"

她就咬牙切齿地连拍两下:"可恶,真的可恶。"

"第二条,×××自作聪明,她老公二月回家过年,九月她就又生了个女儿,要不是好心人提醒我,我做梦都想不到她胆子这么大。她这是放卫星啦,她这是蒙蔽人民群众雪亮的眼睛,她这是把她男人当成了一头猪啦。大家说她可恶不可恶?"

她就咬牙切齿地连拍三下:"可恶,真可恶,真的可恶。"

"第三条，×××货阳奉阴违，我对她这样好，每个月都去关心她爱护她，每次都带着我们舍不得吃的东西，真心真意地把她当亲妹妹。千万没想到她有这么恶毒，嘴上喊哥哥，裤裆摸秤砣。我蠢呵，我眼瞎呵，我自作自受哩。"

这个时候，王家大哥抱着两岁多的小儿子冲进来，黑着脸说："回去！"她说："我还没讲完，那××的罪状有十条，我才只讲了三条。我明天还要到大队去讲，到公社去讲，到区里去讲，到县里去讲。我不但要讲这××，还要讲你这陈世美！"王家大哥就扬起手，她哭着喊着："你打呵，你打呵，打死我，你就去找那个××，打死我，就清静了。"

云飞哥站了出来，把王家大哥扬起的手压下去，说："不能打，打了就会死人的。"

秋娥姐带着一帮妇女站出来说："不能打，嫂子讲得全对！"

初冬队长最后总结说："家丑不可外扬，老王你一个国家干部，连裤裆都管不住，说出去对不起全国人民。你老老实实反省一下，过几天外省的干部回来过年了，够你喝一壶的。我还要想对策，看怎么给你擦屁股。云飞同志讲得对，搞不好就会死人的。"

就散了。

三

节前两天，孙家大哥如期回到鹅公坪探亲，之后便未曾出门。

大年初一大清早发生的那出闹剧，孙家大哥始终没有露面，受到了许多乡亲的质疑和诟病：有人说大哥太没有血性了，绿帽子都戴上了，哪里还要脸咧；有人说大哥可能是舍不得几个孩子，毕竟前面三朵金花人见人爱。和大哥共一个屋场的人就偷偷讲，他们曾透过窗户瞥见嫂子在地上跪了一夜，一直在哭咧。

孙家大哥在那个春节，一直没有出过门，也没有让任何人登门，家里死一般地静寂。也不知他哪天走的，鹅公坪每天只有一班公交，没有乡亲看到他上车。我估计，他一定是天亮之前就到走马街去等车了。

他这一走，留下了两个深远的后果：一是那个孩子在大半年后被送走，没有人敢问毛毛的去向；二是两家人成为四十多年的冤家，两家的大女儿和我同班，一直到高中毕业，她们都没讲过话，两家大人更是老死不相往来。

1975年春天，鸿文大哥、杏秋大哥带我一起踩田时，聊起了男女之事。杏秋大哥讲他到城步县烧木炭的经历，城步深山老林里的人太穷了，两毛钱就能和女人困一夜，有时三四个人轮流困，每一个人交两毛钱就可以，而女子的男人就在隔壁，一声都不吭。鸿文大哥就讲："确实如此，哪像我们鹅公坪，二十元偷个情还闹出这么大的风波，王家大哥真是不值得。"杏秋大哥连连点头，说是不值得，你看看生产队哪一块麦地的中间没睡过狗男狗女，哪一条界基坑里没睡过露水夫妻？然后，他们两个人就傻笑。一点也不忌讳我这个十岁出头的细伢叽。

最好笑的是1978年秋天的一个周日，我跟着生产队的人到大芒垴山边的渠道去清淤，一个比我大五六岁的伢叽就讲，昨夜里×××回家，发现家门紧闭，晚上八九点钟就黑灯瞎火。他就使劲拍门，他堂客花了十几分钟才开门，顿时他就起了疑心。他大喊一声"杀鸡"，他堂客就晕倒了。他一想，不对呵，他堂客胆子蛮大的，肯定是偷人了。于是，他就拿起一把菜刀东敲敲西敲敲，不到五分钟就敲出来一个野男人。那个野男人从床底下爬出来的那个狗熊相，让他笑得岔了气，眼巴巴看着野男人跑了。

那个大哥哥最后气呼呼地说："都是半边户惹的祸！"

阿超的生死时速

一

我和阿超同年,都是 1964 年出生的。

阿超的父亲 1966 年想偷渡到香港,他穷怕了也饿怕了,第一次偷渡失败,幸亏第二次就成功了。他在香港开过的士,开过纸业公司的车,如果有开大货柜车的活儿,他当然也不会拒绝,因为钱赚得多。阿超的父亲特别勤快,每一天都起早贪黑地干,两三年就扎下了根,赚一点钱就辗转寄给故乡的家人。

阿超的祖祖辈辈一直住在江门市蓬江区棠下镇河山乡槎溪村。阿超的父亲去了香港之后,他家就只有奶奶、母亲和阿超，老的老，小的小，一个主劳动力都没有。阿超的父亲是个有主意的人，他不可能把全家都偷渡到香港，于是早早生下了阿超，在家乡留下了一个"根"。他深知，偷渡是个危险的活儿，一个大浪就能把你卷死，一只狼狗就能把人吓死，一道铁丝网就能把你电死。只要阿超在，他家世世代代的香火就在；只要阿超在，他家就能逢山开路、遇水架桥；只要阿超在，他家就能遇难成祥、逢凶化吉。

这是阿超父亲的信念。

1973年，阿超九岁，阿超的母亲收到一个从香港辗转传递过来的口信，说阿超的父亲某月某日在澳门等她，已经花重金安排了可靠的"水客"送她过去。阿超的母亲忐忑不安地等了十来天，始终守口如瓶。大概是1973年的5月，口信中提到的那一天终于到来了。那是一个有月光的夜晚，奶奶、母亲和阿超通常八九点就睡觉了，但那天阿超的母亲早早地就准备好了行囊。"水客"的呼哨声在晚上十一点钟响起，奶奶和母亲轻轻地爬起来，无声无息地打开后门，回头一看，人小鬼大的阿超就哭着追上来了。奶奶骗阿超，说："你娘要去鱼塘干活儿去了。"阿超哭得上气不接下气，死死抱着他娘的腿。

阿超的母亲心软了，几乎要改变主意。不想五十三岁的奶奶第一次发大火,奶奶说:"又不是上刀山、下火海,我儿子孤身在香港已经七年了,他还要生儿子生孙子,你不过去谁给他生?你头发长,见识短。你赶紧走!"阿超的母亲恍然大悟,亲了阿超一口,抹了自己的眼泪,飞也似的跟着"水客"狂奔。

那一刹那,月光遍地,蛙声齐鸣。

二

一个月后,阿超的奶奶收到了确切的消息,阿超的母亲已经顺利到达了香港。从此之后,奶奶和阿超相依为命。1979 年,阿超的父亲寄回了一笔钱,要奶奶和阿超组织人马推倒祖宅重起新屋。四十年后的 2019 年,广东省新闻出版局在江门市新会区碧桂园组织出版培训时,阿超带着海天社的几十个编辑参观了他的宅院。环顾四周,阿超的宅院依然鹤立鸡群。

阿超七岁读书,小学和初中都是三好学生。后来,他考上新会师范学校。那时候的师范生都是从百人千人中选拔出来的学习尖子,有一大部分农家学子因此吃上了国家粮。中师毕业后,阿超教了两年书,就向学校校长申请停薪留职。

校长几次挽留他，阿超却"王八吃秤砣——铁了心"。原来，他父母一直在催他结婚生子，但他一个月的工资只有30多元，怎么够结婚生子呢？阿超非常孝顺，他先去驾校学了开车，半年后就拿到了驾驶证。在朋友的引荐下，他与同村兄弟合资买了一辆货车，在广州南站起早贪黑地拉货。他的勤奋和智慧得到了充分体现，每天都能赚到100元到200元的收入。一年之间，他就变成了万元户，结婚生子完全不成问题了。

阿超深知拉货不是长久之计，他父亲也从香港写信告诉他："你要到大地方去，到火热的深圳去。在深圳买套房子，制订好人生规划，这样你的人生才会稳妥。"阿超牢记了他父亲的话。1986年，初创的海天出版社发布了招聘公告，阿超顺风顺水地被录取了。海天社安排阿超在办公室当司机。他驾驶技术高超、办事井井有条、为人忠诚老实，海天社上下都对他赞不绝口。阿超很快就入了党，并且每年都被评为优秀员工。

深圳是中国证券市场的主要诞生地之一，"深发展"又位列深圳乃至中国证券产业史上具有开创意义的"深圳老五股"之首。早在1990年12月深圳证券交易所试营业之前，1988年4月11日，深发展、深万科、深金田、深安达以及深原野这五只股票就已经在深圳特区证券公司公开柜台上市交易，由此开启深圳证券市场的一个伟大时代。作为改革开放以来第一只上市的金融股票，深发展在我国金融史上占据了重要一席。1987年5月，尽管还没有拿到正式的"准生证"，但深圳市政府毅然决定，由中国人民银行深圳市分行批准深圳发展银行首次以公募方式，采取自由认购的形式向社会公开发行39.65万股，每股面额20元，筹集资金793万元作为股本金。

由于当时社会公众对股票还是一知半解，导致深发展在股份制创业时期的工作进展异常艰难。深发展的老员工都记得，当时让储户配售认股权证很困难，认股权证经常被丢得遍地都是。当时深圳市政府为了支持深发展发行股票，便积极推动党员干部带头买股。当时的一则新闻也显示，某单位为完成发行任务，规定凡认购者每股个人只需出资0.5元，单位补贴0.5元；非党员每人须认购1000股，而党员则须认购2000股。神奇的是，这些被迫买了股票的人，日后都赚了钱。深发展的股票在1990年年初从20元拆细为1元面值后，到4月底已经上涨到了11元，短短4个月内涨幅高达290%。

可以说，1990年的深圳股市风起云涌，无数深圳人跃跃欲试。海天社也有十几名员工投身其中，包括人事干部张绍水、资料室的女同事以及阿超。他们都积极响应市政府的号召，购买了1000股到2000股的股票。

1990年10月16日，张绍水放出消息说，他将与市人事局干部许可、南头派出所警察潘红兵在第二天中午进行股票交易。然而，到了第二天中午，潘红兵却称因开会无法前来，改为晚上碰头。

三

1990年10月17日下午，潘红兵以射击为由，向深圳大学保卫处干部胡子杰借得"五四"式手枪一支及子弹12发。随后，潘以到许可家抓走私为由，串通保安何伟强一起前往协助抓人。此前，潘红兵多次与在深圳市人事局工作的朋友许可及其妻子黄莺商议买卖股票事宜。潘红兵谎称自己持有6000股深圳发展银行的股票，欲出售，让许可夫妇寻找买主，实则意图抢劫。许可夫妇信以为真，除计划自购500股外，还介绍了深圳大学教师柴金龙、海天社张绍水等人作为买主。当晚八点左右，潘红兵携带一个黑色密码箱，驾驶本田牌125CC摩托车搭载何伟强，一同前往深圳市罗湖区鹿丹村21栋305室许可家。到达后，他们发现许可夫妇、张绍水、柴金龙及柴妻陈雄珍五人已在客厅等候。

潘红兵让许可进入卧室，骗取其信任后，将许、柴、张等人集资用于购股的现金人民币 33.3 万元装入密码箱和旅行袋中。接着，他要求许可提供一辆汽车用于运载现金，方能交股票给许可。许可不知其中有诈，便让张绍水去找车。

张绍水随即打电话通知合资购股的阿超赶到许可家。这一天，海天社恰好有一位员工在罗湖区新城酒家为儿子办满月酒，社里的领导李总、吕总都参加了，阿超忙前忙后。这场宴会从下午六点半吃到九点多钟，席间还有好几个人讲起股票的事。张绍水自潘红兵抵达鹿丹村后便不断催促阿超，阿超尽忠职守，待宴会气氛融洽、送完李总和吕总后，于九点半左右驾车赶至鹿丹村地上停车场，大步流星跑到三楼的许可家。

阿超一进门，潘红兵就问"人齐了没有"，屋里的人就说："齐了！"潘就关上门。阿超偷偷扫了一圈，他只认识张绍水，后来才知道许可是市人事局的干部，他太太不知道是干啥的，还有一对深圳大学的夫妻，以及潘带来的保安。

潘红兵一直提着一个黑色密码箱，关门后他就打开密码箱拿出一把手枪，低沉而凶狠地喊道"不准动"。他的密码箱内还装有白色布袋子和绑绳，他命令保安给客厅内的所有人戴上白色头套，并将他们的双手反绑在背后。张绍水、许可夫妇、深大老师柴金龙夫妇和阿超齐刷刷地对潘红兵说："我们都不报案,放我们一条生路吧!"潘红兵反身打开电视机,把音量开到最大,将六个人从客厅逼到许可的卧室。

许可说:"潘红兵你不能这么做,你要讲道理,你这样做我们不买股票了。"潘说:"到现在怎样做都可以,交易的数目这么大,为了安全,我不能不这样做。"潘红兵的强盗行径,遭到许可的反抗和责骂。潘大怒,立即用白布袋罩住许可的头,然后关上卧室门回到客厅,就用尼龙绳紧勒许的颈,将许勒倒在沙发上。此时,何伟强听到客厅有打斗声,从卧室跑出查看,见状便叫潘红兵不能这么做,潘即喝令何回卧室看守黄莺等五人。接着,潘跑到厨房拿来水果刀和菜刀,用刀割许可的颈部,并用手枪柄猛击其头部,致使许可当场死亡。潘红兵在用枪柄猛击许可头部时,手枪走火。何伟强听到枪声后,再次从卧室跑到客厅,见许颈部有鲜血,恳求潘不要杀人。潘说:"不错也错了,难道你忍心看着我们死?就算是老朋友,这次你也得帮我。"说完,他递给何一副白手套,要其与自己一同杀掉黄莺等五人。何不依,并提出离开现场。潘便让何伟强带着装有33.3万元人民币的密码箱和旅行袋下楼等候。

过了一会儿,潘红兵拉着阿超的手走出卧室,取下阿超的头套,走向北侧的小阳台。小阳台下面是停车场,阿超开来的海天面包车就停在那里。潘红兵问车牌号和停车位置，阿超一一告知。后来阿超跟我说，他当时真想从三楼跳下去，但想起妻子和女儿就不敢了，只能默默地祈祷老天爷开恩。

大概晚上十一点钟，潘红兵割断许家的电话线，将黄莺、柴金龙、陈雄珍、张绍水和阿超五人串绑在一起，威胁他们不许出声，手拉手从三楼走到停车场。潘红兵走在前面，一路上竟未遇到任何人，连保安都不在。阿超心里想，这是天要亡我啊！他走在最后。到停车场上车时，何伟强突然发现阿超没戴头套，阿超说："刚才在阳台上取下了，头套放在沙发上，我去拿。"何伟强眼一瞪，顺手将自己的头盔反戴在阿超头上。

潘红兵驾车，何伟强骑摩托车跟随。从鹿丹村出发，大概十分钟后，面包车就停下来了。潘红兵下车问路人去西丽的路线，第一个路人摇头，第二个路人指手画脚讲得很清楚。阿超在车里开始不断摆头，终于把头盔挪正了，发现已到达上海宾馆路口。需要说明的是，深圳城区的发展始于罗湖。1985年国贸大厦以"三天一层楼"的速度建成，成为20世纪80年代中国的第一高楼。随着城市向东向西发展，到1990年，上海宾馆已成为公认的地标，其西侧主要是田野和工地。阿超后来跟我说，潘红兵作为警察，竟然连去西丽的路都要问，肯定是心慌了。他问完路爬进驾驶室，满头都是汗水。多年后，阿超仍感慨万分，认为人不能做亏心事。

四

潘红兵驾车朝西丽方向行驶，原本四五十分钟的路程，竟然走了差不多两个小时。车停下来了，旁边是一个采石场。潘红兵从驾驶室下车，拉开后门找工具——这王八羔子准备行凶。潘红兵问工具箱在哪儿，螺丝刀在哪儿，打开工具箱翻找，左翻右翻都不见螺丝刀的踪影，潘红兵气得无可奈何。潘、何二人密谋用汽车轧死黄等五人并焚尸灭迹，潘红兵亲手打开何伟强的摩托车油箱，取了两瓶汽油。随后，潘命令黄莺下车蹲下，何伟强则上车看守柴金龙夫妇、张绍水和阿超。不料，采石场的拖拉机机手傅建福驾驶手扶拖拉机要进入采石场，因被潘开来的车堵住去路，便下车找潘请他让路。潘为了防止发生争执，就大喊"公安办案"，用拇指铐把傅反手铐住，令其蹲下，继而用毛巾扎住傅的嘴巴，用白布袋罩住傅的头，并捡起附近的石头猛砸傅的头部，致使傅当场死亡。

阿超说，半年后他才恍然大悟，潘红兵找螺丝刀是为了杀他们，准备汽油则是为了焚尸灭迹，幸亏那辆手扶拖拉机突然出现。海天面包车上的五个人当然不会等死。阿超第一个醒过神来，尽管双手被反绑，但他奋力摇头使头盔掉落在车厢底部。张绍水不知是受了惊还是昏迷了，一动不动，就像一条死鱼。潘在杀傅时，柴、陈二人趁机逃脱，阿超见状也随即逃离，拼命向有灯光的地方奔跑。跑了十来分钟，他终于跑到了白芒关的一个保安亭旁，立马就报了警。远远望去，潘红兵与何伟强正朝石岩镇方向逃窜。由于慌不择路，潘驾驶的海天面包车在石岩镇塘头村桥头转弯处失控，翻落在公路右侧。张绍水终于醒来，也趁机逃脱。这一切发生在1990年10月18日半夜两点左右。

潘红兵和何伟强弃车继续跳跑。凌晨五点左右，潘逃至宝安县公明镇时，被公安机关抓获归案，何伟强则潜逃回家乡德庆县，于10月19日向德庆县公安局高良派出所自首。

此事在中国人民公安大学出版社出版的《中国审判案例要览》（1992年综合本）中有详尽解说。

本案是一起重大恶性抢劫杀人案件。犯罪分子潘红兵身为人民警察，不但不履行人民警察维护社会治安的应尽职责，反而铤而走险，以身试法，有预谋、有计划地携带武器、警具和其他作案工具，暴力抢劫他人巨额现金，在实施抢劫犯罪和逃脱的过程中，为湮灭人证，竟残暴地杀死两人，实属罪大恶极、不杀不足以平民愤的犯罪分子。本案一审法院以抢劫罪、故意杀人罪判处潘红兵死刑，二审法院维持原判，是正确的。犯罪分子何伟强在潘红兵着手实行抢劫的时候，和潘红兵形成共同犯罪，并参与实施抢劫犯罪行为。在潘红兵决意杀害被害人许可的时候，何伟强虽然开始予以反对，但后来在潘的请求下，对潘的杀人行为予以配合。后在逃跑的过程中，何又和潘共谋杀死黄莺、张绍水、柴金龙、陈雄珍、阿超五人，因被害人傅建福的介入未遂。何伟强和潘红兵构成抢劫罪、故意杀人罪的共犯，其罪行特别严重。但何伟强在抢劫、杀人的共同犯罪中起次要作用，是从犯，且犯罪后能投案自首，人民法院根据其犯罪情节，以及投案自首的表现，判处无期徒刑，体现了区别对待的精神，也是恰当的。

五

"1979年，那是一个春天。有一位老人，在中国的南海边画了一个圈……春雷啊唤醒了长城内外，春晖啊暖透了大江两岸。"在中华民族悠久的历史长河中，一个伟大的时代就此开启。这一年，安徽省委第一书记万里颁发了一纸朴素的文件：推行"包产到户"。消息传到凤阳小岗村,冒死分田到户并按下血手印的18户农民,齐刷刷地跪在料峭的春寒中,高呼:"老天开眼了,农民有活路了!"次年,即1980年8月,深圳经济特区正式成立。

深圳是中国改革开放的窗口,也是新兴的移民城市,创造了举世瞩目的"深圳速度"和"深圳效率"。在春雷滚滚的四十多年间,深圳这座城市一直在追求文明、和谐与富强的道路上疾驰。然而,潘红兵和何伟强的沉沦只是个例。潘红兵,1966年生人,被枪毙的时候只有二十四岁;何伟强,只有二十岁就坐穿牢底,他们都是来自广东农村或小县城的年轻人,学识有限,家境平平,出人头地的机会似乎与他们无缘。但谁没有欲望,谁不想富贵,穷怕了、饿怕了的小地方青年,那就一定要搞钱。直至今天,深圳人口中的"搞钱"都是褒义词。

然而,潘红兵和何伟强却击穿了文明的底线!各种消息都表明潘红兵是一个赌徒,赌博的水平不高却死不悔改,在这场空手套白狼的赌局中输得一干二净,成为不齿于人类的狗屎堆。人的一生,就是邪恶与善良、丑陋与美丽、欲望与人性不断交锋的过程。我们的赤子之心必须经过地狱的锤炼、利鞭的抽打、短刀的剜骨之痛,而后被丢弃于漫漫黑夜的草丛中，连饥饿的野兽也闻不出其腥味，那才算得上是美丽和尊贵的心。

人性本恶，我们无法改变这一事实，只能设法去约束它。

而令人称奇的是，阿超父亲的信念最终实现了。只要阿超在，他家世世代代的香火就能延续；只要阿超在，他家就能逢山开路、遇水搭桥；只要阿超在，他家就能遇难成祥、逢凶化吉。大家看，当阿超从三楼下到停车场时，何伟强的头盔是不是给了他一丝勇气？当潘红兵寻找螺丝刀却遍寻不着时，是不是让阿超躲过了潘的杀人灭口之祸？当潘红兵从摩托车油箱倒出两瓶汽油准备焚尸灭迹时，手扶拖拉机的突然驶来，是不是彻底打乱了潘的计划？最关键的是，在车上准备逃跑的五个人中，只有阿超戴着头盔，其他人都被白布头套罩得严严实实。正是拖拉机机手傅建福的出现，救了这五条人命。

阿超不是英雄。三十多年过去了，他每隔一两年都会做同样的噩梦：梦见许可颈动脉的鲜血喷涌而出，梦见傅建福被潘红兵用石头活活砸死。每次醒来都是一身冷汗，他只能披衣坐等天亮。正是这种极端的经历，让阿超懂得了慎独知止，他自觉遵守各种道德准则，最终成为一个高尚的人、纯粹的人、有道德的人、脱离低级趣味的人。

鹅公坪的风,深圳湾的水

三把刀

20世纪80年代初,我的家乡双峰出了一回大名,"哑巴卖刀"的故事登上了《人民日报》的头版。一位哑巴坐在京城街头摆地摊卖刀,地摊边竖着"哑巴卖刀,货真价实,一把二十,先试后买"的牌子。党报记者对此产生了浓厚的兴趣,萌生了采访这位哑巴的念头。如何采访哑巴呢?答案是用笔。

记者写道:"你是哪里人?"

哑巴回复:"湖南省双峰县龙田乡金蚌村。"

记者又问:"这菜刀、剪刀、镰刀质量如何?"

哑巴自信地写道:"世界第一!"

这哑巴的字写得极好，记者一个劲儿地夸他的字有大家风范。记者当然不知道双峰县是中国的书画之乡。哑巴拿着菜刀砍石头，两把刀互砍，那削铁如泥的场景，深深震撼了记者。第二天，《人民日报》头版就有了"营销不如真练，广告不如哑巴"的评论。那年寒假我回到家乡，远亲近邻都在讲，金蚌人真聪明，想出扮哑巴的妙招，赚大钱了。金蚌村是我堂嫂谭和莲的娘家，离鹅公坪十里地。每次侄女侄儿从金蚌村的外婆家回来，我都要逗他们："又去打铁去了？当哑巴好玩不？"他们总是笑嘻嘻地点头。

金蚌三刀的历史可追溯至一百多年前，我甚至怀疑金蚌村曾是清末曾国藩镇压太平天国时打造刀枪的兵工厂之一。我请教金蚌村的好友贺文明律师，他证实1949年以前确有一批以打铁为生的铁匠，且多为大户人家。1956年公私合营改造成金蚌五金厂，成为当地唯一的铁工厂。又过了二十多年，改革开放的春风吹醒了沉睡的金蚌，金蚌地界八个村的私人铁工厂如雨后春笋般涌现，数量超过百家。用文明律师的话说："叮叮当当响成一片，叮叮当当银子来了。"

早期的三刀叫白水刀，只有铁没有钢，靠反复锻打提高强度，但仍不耐用，容易卷刃，刃口磨损迅速。金蚌人鬼聪明，很快提高了工艺水平，在刃口嵌入钢丝或钢条，使得刀具既能砍又能切，异常耐用。随后，镰刀和剪刀采用了嵌钢技术，菜刀则直接使用碳钢板。20世纪最后二十年，金蚌涌现出三位最著名的三刀代表：做菜刀的赵学林、做剪刀的龚时兵、做镰刀的胡明扬。他们技术精湛、头脑灵活，在政府引导和企业支持的良好营商环境下，竟然雄心勃勃地成立了三刀协会，并在金蚌地界将业务开展得红红火火。金蚌过半的劳动力，加上周边村镇的劳动力，组成了一支销售人员过万的队伍，他们叮叮当当奔赴大江南北、长城内外，开始了逢山开路、遇水搭桥、攻城拔寨、闯关夺隘的征程。在这二十年间，从白水刀到嵌钢条，从学自广东的铁把刀技术到碳钢板的使用，金蚌形成了一条完整的产业链。产业链中包括专门生产钢板、刀背、刀把的各个环节，而刀厂则负责整体组装，包括焊接、打磨、淬火、抛光以及压花成型等工艺流程。金蚌菜刀、剪刀、镰刀的销量至少占据了全国市场的一半。

这门延续百余年的传统手工业技艺，历经风雨沧桑，三起三伏。金蚌三刀的销售过程，堪称惊心动魄。刀具管控具有特殊性，政府放开私人买卖时，金蚌人公开叫卖，称为"讲巴"；政府禁止私人买卖的时候，就只能装哑巴卖刀，刀具上统一打上"金蚌聋哑刀剪厂"的钢印。一装哑巴，就需要伪造残疾证、介绍信，这样做既能免于被当盲流遣返，又能免交各种杂税。20世纪80年代初,那位在北京摆地摊卖刀的"哑巴",因政府再次放开私人买卖,终于可以公开地大声吆喝叫卖了。听我堂嫂谭和莲说,当时金蚌好多人愿意扮哑巴,那削铁如泥的表演、那残疾证带来的悲悯和免税优惠,甚至比正常人叫卖的效果还要好。

21世纪到来后,市场经济蓬勃发展,金蚌三刀技术未能及时升级更新,市场被广东、浙江等地挤压,这个行业逐渐走向没落。除三刀行业扛把子赵学林的子孙进行机械化生产之外,有些人改行做农机、百货等,其他人则又回归到手工生产。如今,金蚌的铁工厂仅剩十家左右。

文明律师的父亲打了三十多年的铁,直到去世,一直打剪刀,质量一流,可以用三代。金蚌有人嫁女,按规矩要送一把剪刀作为嫁妆,而这些剪刀大多出自文明父亲之手。他说,哪里有父亲这样执执古古的手艺人。

1992年6月,我来到深圳工作,埋头苦干力求站稳脚跟。半年之后,在罗湖区桂园路红围街碰到双峰十四中一个邻班的同学。我问他来干啥,他指着市工商局的大门对我说:"想来工商局注册一个公司,少带了一份材料。"我说:"那好办,注册科副科长潘新水是汨罗老乡,我叫他出来。"三个人聊了一会儿天。不想第二天,他给我和新水一人送了一把菜刀。

我说你是金蚌人呵，他说是呵。

此后，每当我经过罗湖区穿孔桥的时候，总会听到熟悉的乡音："卖刀，卖刀，卖几好的刀"，我无数次停下单车，一只脚踩在台阶上问："是金蚌人呵？"十有八九会得到回应。大概两年的时间，我的办公室就堆放了十几二十把菜刀，都是金蚌人送的。堂嫂谭和莲的哥哥是个奇人，在国内所有的大城市摆象棋残局谋生，百战百胜。他曾通过《女报》的办公电话找到我，我要请他吃饭，他说吃饭没什么意思，只有下象棋才有意思，留下一把刀就走了。我送了许多菜刀给同事和朋友，每一个都称赞我送的刀好。直到去年家里翻新后，我太太说："要买刀了。"

想一想，金蚌的菜刀用了三十年了。

一张证

全国人民都知道，20世纪90年代，我的家乡湖南省双峰县龙田区是东南亚证件集团的总部，著名的"中国假证之乡"。党中央和国务院曾下发督办材料，中央媒体和地方媒体也多次追踪报道，但很长一段时间里，都没有解决这个问题。

深圳应该是被东南亚证件集团攻破的第一个城市。为什么呢？第一，深圳是一个移民城市，不是熟人社会，在内地城乡，谁家的儿女上大学、当兵或成为工人，整个乡村或街道都心中有数。第二，鹅公坪离深圳近，深圳在邓小平南方谈话后，东方风来满眼春，到处都是钱！能够直达深圳的空调列车只有从长沙出发的这一趟，其他地方的列车都要在广州中转。我的乡亲们眼光毒辣，面对着全国浪奔浪流闯深圳的各色人等，他们撒开大网做买卖。

一张证，决定一条命。

一张证，决定一个前途。

那个时候，深圳满眼都是年轻人；那个时候，深圳每一年都增加几十万人。我的乡亲们能够制作从一个人出生到死亡所需的各种证件：出生证、身份证、学生证、毕业证、获奖证书、退伍军人证、转业军人证、退休证、工商执照、驾驶证、行驶证、火化证等，甚至连国外的证件也能做得一丝不差。我接触第一个做假证的乡亲是院子塘生产队的，他家和我家是世交。他的父亲两天至少打了十个电话，说他崽被龙岗平湖派出所抓了。我一筹莫展，初来乍到还不认识一个警察，加之龙岗平湖在哪里我也不知道，就只好说尽全力帮忙。第三天，救星出现了，《深圳法制报》的师兄刘刚强来到女报杂志社。那时正是夕阳西下，他来接太太回家过中秋。我看到刚强的警用摩托,眼睛立刻亮了起来。我告诉他事情的来龙去脉,和他夫人蒋睦民打了声招呼后,就坐着摩托赶到龙岗平湖派出所去"捞人"。那是1993年的中秋夜,我见识到了刚强出色的法律水平和沟通能力。

然后,我就不情不愿地开始了我的"捞人"生涯。我有一个巨大的软肋,家乡的老父老母还健在,侄女侄儿尚未成人。如果得罪了乡亲们,我的老父老母可能连上山都上不了。我清楚记得王辛勤老人办丧事那一幕,贵初、贵福兄弟没有第一时间去拜托各家各户帮忙,差一点儿就因"不懂礼数、摆臭架子"而门庭冷落。湘中人把出生讲成"落地",把人生过程讲成"受罪",把死亡讲成"上山",出生是红喜事,死亡是白喜事,都看得非常重要,而人生的过程就是煎熬和受罪。我哥哥去世之后的十七年里,我都活在死亡的阴影中。如果深夜电话铃声响起,我的第一反应就是父母出事了。有几年时间,周末我带儿子到罗湖区德兴花园学画画时,开车来去的路上一看到0738区号的来电,我就会把车停到路边并打开双闪接电话,生怕噩耗从天而降。

还好,父母亲一年有几次电话,都是在大白天打来,我没怎么受惊。但家乡的乡亲们却惊到我了,几乎每个月都有一两单"捞人"的活儿交给我父母,方圆十里地几乎每一个生产队都有人来找我父母了难。他们带一只鸡或鸭，带一袋苹果或梨子；他们讲一段古，曾经给我家帮了个什么忙；他们一把眼泪一把鼻涕哀求，只差没有下跪了。我父亲就发命令："雄前宝，都是邻里邻居的，都是乡里乡亲的，你不搞定就不要回鹅公坪了哈。"

于是，我就老老实实地搞，就咬牙切齿地搞。

在罗湖区桂园路红围街3号的院子里，我工作了整整八年。在这两三年间，桂园派出所民警至少抓了几十个从家乡来深圳制作假证的人。我求爷爷告奶奶地放了四五个，请刚强兄放了十几个，还请隔壁的《经济日报》驻深记者站邹大虎站长帮忙放了几个。那个时候，做假证的危害算是小事，搞好经济才是大事。到1996年年底，假证制作已经由星星之火发展成了燎原之势。每个周末总有三五个人等在益田村77栋楼下的草地上，盼望着我去"捞人"。直到那时，我才坚决地说"不"。我在某杂志上发过誓，大意是：如果我不捞人或捞不出人，乡亲们把气发泄到我父母亲身上，父母去世，我就一个人挖坑把他们埋了。

人生不如意事常八九，这是无可奈何的事。我在一本每个月销量达几十万册的杂志社当头目，名字、办公地址和通信电话都放在版权页上。我不找他们，他们找我一找一个准呵！给我留下深刻印象的有三个人。第一个是李兵，他是李家朱妙玉的大儿子。妙玉姐太苦了，李兵从小也吃了许多苦，我如果不救他，良心就过不了关。第二个是同新叔叽的小儿子海燕，他在东莞做假证，被抓到闻名中国的樟木头收容所。我一个人去了一趟，又和刚强兄去了两趟，想尽办法也没搞定。同新叔叽和我父亲是干兄弟，大半辈子守望相助，我怎么能袖手旁观？第三个是梅山坪一个姓彭的人家，儿子被抓，在滨河派出所。他父亲就天天守在鹅公坪要我父亲"捞人"，一天、两天，一个星期、两个星期地磨。最后那王八蛋竟然威胁我父亲，说我家老坟山就在他家后面，他每年都去扫一扫看一看。我家老坟山在他家后面是真，他每年去扫一扫看一看完全是假话，纯粹是讹诈。我父母亲一把鼻涕一把眼泪："崽呵，老坟山动不得呀，你的祖先在里面，你哥哥在里面，我们怎么活呵……"

湘乡自古出刁民。1997年除夕夜，我坐在刚强兄的警用摩托上，他熟门熟路地在滨河派出所转了一圈，把那王八羔子捞了出来。我满腔怒火，在大年初一的凌晨出发，开车十一个小时，回到鹅公坪已是下午四点，我给父母拜了年之后，就准备叫上长斌、凤海、伏龙到梅山坪收拾这姓彭的，但被我父母死死劝住了。第二天一早，我还是带着三位伙计找上门去，把他骂得狗血淋头、彻底服软才罢休。

后来我问了许多乡亲，做假证是从哪一年开始的？乡亲们众说纷纭，大致可以确定是20世纪90年代前后。大家一致认为是福建莆田人带的头。乡亲们说，走马街有个灵泛的伢叽，在双峰十四中考大学没考上，一生气就跑到福建一家印刷厂打工。一开始是铅字印刷，随着计算机技术的发展，电子激光照排系统很快取代了铅字印刷。走马街的这个伢叽跟着他师父学了两年多，看到他师父经常帮各路朋友做证件，而且做得惟妙惟肖，于是他就牢牢记住了各道工序。他师父或许没有牟利之心，徒弟却计上心来，很快就在走马街风生水起地做起了假证生意。

科学技术的高速发展有时候真的害人。扫描、排版、复印、做钢印、刻私章，一台电脑把这些东西串联起来。你要什么证就有什么证，要什么文凭就有什么文凭。走马街的那个灵泛的伢叽，就在走马街、鹅公坪、太平寺等热闹地方放出风声，并在走马街供销社、双峰十四中、秧冲供销社、秧冲中学、太平寺双涟火车站的大门上、墙壁上、电线杆上，贴上办证的广告。正是春潮滚滚、市场喧嚣的大好时光，无数的乡亲要进城，无数的青年要出湘闯世界，而这些证件、这些文凭就成了他们的"护身符"。

1993年下半年，刚强的太太蒋睦民从湖南人民出版社总编室主任调到《女报》当发行部经理，上任伊始便着手招聘司机。在人才市场，她看中了一个湖南小伙子，证照齐全。蒋大姐带着他到印刷厂运杂志，这小伙子虽全神贯注，但一看就不熟练。他小心翼翼进到桂园路红围街的小巷子，离仓库还有十几米就把车停下来，打开车厢就卸货，一路都是小跑。蒋大姐笑问："你是不是还没出师啊？"小伙子顿时满脸通红。蒋大姐心善，决定留下他。过了几年，他承认自己办的是假证。

在《女报》工作的前十年里，每次招聘她都会碰到持假文凭的。我的母校湘潭大学和湖南师范大学的文凭造假的最多，这既因为湖南离深圳近，也因为北大、清华、中大的文凭太硬。鬼聪明的同事罗尔，高中未毕业就来深圳打工，先在原野公司当保安，后来进入《女报》做发行做编辑，写得一手好文章，做了七八年调不了户口，于是也偷偷买了个湘潭大学的假文凭，有我在他就不敢拿出来。看到他的成长，看到他的努力，我从市劳动局辛本兰大姐那里争取到一个"深圳十佳外来劳务工"的指标，才帮他拿到了深圳户口。他几年后才告诉我，我就说："你命好。"

马克思曾引用过一句话："一旦有适当的利润，资本就大胆起来……有50%的利润，它就铤而走险；为了100%的利润，它就敢践踏一切人间法律；有 300% 的利润，它就敢犯任何罪行，甚至冒绞首的危险。"无知者无畏，如果走马街那个伢叽知道这句名言，再贫困也不敢如此以身犯险。那个时代，最高级的证书也就二三十元，而他的批发价竟然高达三四百元，完全是死了又死的罪行。更何况，他的兄弟姐妹、亲戚朋友都参与其中，胆大包天，一心一意地打造假证"托拉斯"。他的前辈，那些在 20 世纪六七十年代就绘制五块、十块人民币的"画家"——已经醒悟。如今，他们的子孙如雨后春笋般不断涌现，纷纷发起挑战，才使得走马街那伢叽不能一家独大，假证的价格也逐年下滑。

有十来年的时间，在深圳的人才市场、大企业招工市场、东门市场、华强北市场以及桥洞等地，都能碰到老乡，听到乡音。有时候我行走在大街上，会传来一丝轻轻的"办证，办证"声，我就停下来问："你咯哒伢叽，书不读，工不打，是哪里的？"这伢叽就满脸通红，老老实实报出大队生产队的名字。好几次有人直接喊我雄前叔叽，我一点儿印象都没有。他们住在哪里，做假证的和销售假证的怎么分成？我一概不知。但每年回家探亲，我都能看到新屋如雨后春笋般涌现。

家乡的年轻人再次破了天荒，背着假证在祖国的大地上到处贩卖，背出去的是纸，带回来的是钱。咸同年间的湘军打得艰苦卓绝，而一百多年以后的假证生意却做得轻轻松松，家乡的年轻人坐飞机、坐火车，把全中国的每一个省、每一个市都走遍。那些年间，我基本上每年春节都回家陪老父老母过年。随便问一个年轻人在哪里做生意，不是上海就是乌鲁木齐，不是哈尔滨就是昆明。最离奇的是，有一年来新哥哥的儿子朱强是从拉萨赶回来过年的。我问他："藏语你都懂？"他连连摇头。

一幅图

新千年以后，假证生意开始奄奄一息，原因在于计算机技术使得各学校毕业生的信息变得清晰可查，查文凭查证书手到擒来。家乡的年轻人实在聪明，做了最后一次挣扎，以PS技术制造淫秽照片，进行敲诈犯罪。

Adobe Photoshop，简称"PS"，是由 Adobe Systems 开发和发行的图像处理软件，主要用于处理像素构成的数字图像。借助其丰富的编修与绘图工具，用户可以高效地进行图片编辑。"万恶"的乡亲们到一个地方，就钻进图书馆收集各种当地名人的照片、经历、电话、工作单位，然后打印出一封千篇一律的敲诈信："×××先生，你人面兽心、道德败坏，十天以内不打钱到这个银行卡上,我就举报到监察局和纪委。"信内附上一张PS图片,图片上是一张大床,床头拼接了名人的头像与一张从港澳偷渡来的黄色杂志中的裸女照片。据说,发出一百封这样的信,至少有五人会选择破财消灾,金额在五千元至一万元不等。

然后,"万恶"的乡亲们开始变本加厉,通过短信和微信发送带有网址的敲诈信息,其中的照片和动图不堪入目。那些不检点的官员、教授、企业家成为乡亲们的刀下鬼,有的老老实实交钱,有的直接被吓死。2005年前后,PS敲诈犯罪活动达到了高潮,甚至惊动了中央。中央随即组织严打行动,潭邵高速公路的广告牌和双峰境内的国道省道县道的广告牌上,都贴满了严打PS敲诈犯罪的宣传标语。全省、全市、全县投入大量人力进行地毯式排查,经过两三年的努力,才终于遏制住了PS敲诈犯罪的势头。那几年,县里的领导见到我就唉声叹气,也透露一些内部消息,说有百把个官员、教授和企业家或自杀或自首,都与双峰的PS敲诈犯罪活动有关。当时,我还快口快嘴地说:"这不是好事吗?他们都是成功人士,竟还如此下作,活该倒霉!"县领导说:"我们也这么想过,但走马街的老百姓确实扰乱了市场秩序,实施敲诈犯罪活动在先,败坏了人心和风俗。"另一位领导则打趣道:"一毛钱就能寄一封信，一百封信才十元，撒出去一张网，至少能收回几万元。微信、短信就更便宜了，简直是坐地收钱。这都是双峰人鬼聪明惹的祸。"

我在深圳也不断受到骚扰，至少有七个湖南老乡拿着敲诈信要我分析照片的真假。还有一个常德的朋友要我帮他了难，我心里暗自嘀咕："平生不做亏心事，半夜不怕鬼敲门。"然后，笑嘻嘻地说："应该是假的吧？你要小心哟。"有个傻×心惊胆战地守了我两三个下午，一定要我找人去了难。我说："家乡有几万个做这门生意的，我离开家乡多久了，我怎么知道是哪个人发给你的？"他竟然气呼呼地说我不够朋友。更多的外地朋友问我怎么回事，我一概回答："身正不怕影子斜。"

改革开放后的二三十年间，家乡蒙羞。如果曾国藩大人泉下有知，定会气得从棺材里爬出来吐血三升。从镇压太平天国起义开始，曾国藩就一直讲教化讲血性讲爱民，有人生三畏，"畏天命，畏人言，畏君父"；有天道三忌，"天道忌巧，天道忌盈，天道忌贰"；有为人四知，"知命，知礼，知言，知仁"；有修身四课，"慎独，主敬，求仁，习劳"……曾国藩大力提倡教化，兴办私塾，为湘乡积累了深厚的文化底蕴，很快将老湘乡塑造成中国近现代史上最著名的人文高地。众所周知的"无湘不成军""无湘不成校"的说法，来源于此；"中华女杰之乡""中国书画之乡""中国院士之乡"也来源于此。

双峰人有背井离乡闯世界的传统，也有叶落归根的传统。曾国藩一生信奉父亲曾麟书的家训："有子孙，有田园，家风半读半耕，但以箕裘承祖泽。"史上可考的曾国藩第一封家书，就希望家人今后给他回信时"以烦琐为贵"，这充分体现了一个远方游子对家人和故乡的深深思念。同治五年（1866），已坐上两江总督高位的他，竟然接连四次上书朝廷请求辞官回籍，延续了儒家知识分子老来"乞骸骨"还乡的文化传统。纵观历史，哪一个高官、哪一个巨贾不以故乡为根？不以告老还乡、落叶归根为最终归宿？然而悲哀的是，这种文化传统在我们这几代人中却逐渐丢失了。

永远不要责怪老百姓。多年以来，教育农民一直是重大课题。但事实是，在中国走向现代化的顺境中，农民是毋庸置疑的历史推动者；在中国走向现代化的逆境中，农民是最大的苦难承受者。毫无疑问，乡亲们在改革开放后的犯罪行为，是穷疯了饿怕了的一种表现。如果他们有田园、有子孙，能够晴耕雨读，那么双峰老家定会成为模范乡村。

在全中国推销金蚌三刀的那些日子，上万的销售人员都变成哑巴，他们心里是不是很痛？

在全中国制假贩假的那些日子，几万乡亲基本上不与客户用语言交流，他们总是以短信、微信约客户，一手收钱一手递证，惜言如金，非常高冷。

在全中国利用 PS 手段敲诈犯罪的那些日子，几万乡亲一个县一个县地扫，一个市一个市地扫，一个省一个省地扫，做好自己的功夫后，就坐等鱼儿上钩，坐地收钱。

在这三次让双峰人引起全国侧目的事件中，一个共同的特征就是双峰人在行事过程中语言的缺失。他们一次又一次地改进技术，与时俱进地融入高科技和互联网元素，但就是不说话。除了我，有谁真正了解他们的痛，有谁真正了解他们的病在哪里？只有我清楚，乡音是他们的死穴。

我曾说过，乡音是我内心深处千万次的羞愧，是我生命河流中多次遭遇的暗礁险滩。作为一个"把故乡天天挂在嘴上"的双峰人，作为一个普通话讲得最差的异乡人，我深深体会到湘乡方言的伟大和神奇。然而，我却始终无法将其转化为普通话，想尽无数办法也解决不了这个问题。在《南方周末》上，有一篇关于龙槐生的文章写道："他讲一口湖南话，那是他的乡音，本来是一个天经地义的、人生下来就有的权利。然而，当他不由自主地被时代抛到另一个地方后，他的满口乡音就变成了一个错置的身份标签、一个'错误'。从此以后，他不能用自己的乡音发表演讲、不能用自己的乡音念诗感动他人，也不能用自己的乡音说服敌人。原本乡音是他通行无阻的'护照'，现在却变成了一种'疾病'的象征、一个标签——意味着话讲得不好、话讲得不通。"鹅公坪离衡山龙槐生的家不过二十里地，这段话讲到了我的心窝窝里。

同在一个时代，邻县的邵东是"假药之乡"和"盗版之乡"，另一个邻县是"假银圆之乡"。在几轮严打之后，这些现象基本没有了。只有吾乡吾土野火烧不尽，春风吹又生，根本的原因在于，邵东人和新化人的普通话要好一些，他们在作案时总会留下语言的蛛丝马迹，而语言又为他们改邪归正留下了活路和空间。然而双峰人呢？语言既是他们的生所，也是他们的死穴。

时间是一剂良药。随着科学技术的发达和普通话的深度普及，大规模的造假一定不会再有了。1992年我去深圳时，年过七旬的父亲给了我十一块袁大头。除了土地和房子，这是他唯一的财富了。他说其中有一块是假的，他一块一块地吹，吹出了那块假的。他想把那一块丢掉，我没有同意。现在我肯定分不清了。

我母亲和父亲去世的时候，附近村子的人都来了，很热闹。我就负责磕头跪拜。

乡愁与城愁

一

乡愁是什么？乡，是故乡；愁，是对乡村的忧愁。只有当农民离开了乡村，才会萌生对家乡的眷恋之情。贺知章的《回乡偶书》云："少小离家老大回，乡音无改鬓毛衰。儿童相见不相识，笑问客从何处来？"这首诗告诉我们一个巨大的秘密，贺知章三十七岁考取进士，四十多年的官宦生涯一次也没回过家，休官回家之后，很快就死了。贺知章应该出身小地主家庭，家道殷实，读得起私塾，考得起秀才，千辛万苦中了举人、进士和状元。此前他一定有妻有儿有女有各种各样的亲戚，会稽（今浙江绍兴）离京城也不太远，但他为什四十多年不回家省亲呢？或许他写过信，或许他给会稽的亲人送过礼，但他一直没有回家，一回到家就死了。

"儿童相见不相识，笑问客从何处来？"久别归乡，若喜若悲，感触万千的心情最难言传。贺知章的诗只摘取了一幅小小的尴尬场景，却把这种惊喜兼苦涩的复杂感情表现得愈转愈深，味之无穷。贺知章回乡，更多是完成一种衣锦荣归的仪式。"多少脸孔茫然随波逐流／他们在追寻什么／为了生活人们四处奔波／却在命运中交错／多少岁月凝聚成这一刻／期待着旧梦重圆／万涓成水终究汇流成河／像一首澎湃的歌／一年过了一年／啊一生只为这一天／让血脉再相连／擦干心中的血和泪痕／留住我们的根……"《把根留住》这首名歌，唱出的是千山万水的辽阔与孤独，是时空交织下的乡愁。贺知章有没有乡愁？当然是有的。乡愁就是一支烟，吸完了就扔了；乡愁就是一粒糖，融化了就吞到肚里；乡愁就是一棵树，长大了就影影绰绰。

贺知章的这首诗，告诉我们的秘密就是人性。贺知章四十多年的官宦生活中，他故乡的亲人望穿秋水，他少时的伙伴翘首以待，但他一直不回故乡。这是万不得已的人性，也是死不回头的人性！人往高处走，水往低处流，是人类历史的抉择。为什么随波逐流，为什么四处奔波？为什么在命运中交错，为什么期待着旧梦重圆？一连串的疑问，直指乡村文明的衰落。19世纪出生的德国重要思想家斯宾格勒，写了一部《西方的没落》，当时被人称为"恶的预言书"。在他看来，战胜了乡村文明的城市文明，可能是文明的最晚期状态，它没有根，只在乎利益，这种文明为了各种各样的发展，可以无限度地汲取创造者的血液和灵魂，牺牲人类的朴素和善良，因此"它命中注定要走向自我毁灭"。斯宾格勒的论述或许失之偏颇，西方的没落也迟迟未兑现，但它可以成为文学、哲学领域中长期成立的精神判断。现代主义的文学艺术，发端于波德莱尔的《恶之花》，它标志着对时代文化的批判和反思，打破了古典时代文学与历史在思想和精神上的一致和谐。这一剧变，主要还是现代文学所立足的"现实"发生了改变。

2021年5月11日，第七次全国人口普查结果公布：居住在城镇的人口为90199万人，占63.89%；居住在乡村的人口为50979万人，占36.11%。在城市人口发展的同时，乡村人口从增长速度逐渐减慢、比重逐步下降，转变为绝对数量减少、比重大幅下降。这个过程进展得快慢与农业劳动生产率提高的速度成正比，与乡村人口自然增长速度成反比。而1953年第一次全国人口普查结果是人口总数60193万人，城镇人口7725万人，占13.26%；乡村人口50534万人，占86.74%。

全国城镇人口的快速提升可谓天翻地覆，工业化机械化初步替代手工作业，这是一个伟大的转折！

二

七十年前，我们共同的故乡叫湘乡。涟水，是我们的母亲河，源自新邵县的观音山，自西向东流淌，途经涟源市、娄星区、双峰县北部，最终汇入湘潭县北部的河口镇湘江，境内全长185公里。昔日的湘乡，乃全国闻名的大县。1952年1月，湖南省人民政府决策，从湘乡县划出第三、六、七区及第二区的一部分，新设双峰县；同时，划出第九、十区，新成立涟源县；剩余的六个区则仍保留为湘乡县。涟水，这条母亲河，流淌在湘中这片著名的丘陵地带，其中涟源被称为上里，双峰为中里，湘乡则为下里。这一行政区划的变动，影响深远，使得这块在中国近现代史上极为显赫的人文高地被分割。历史上赫赫有名的湘乡人曾国藩（人称曾湘乡），在行政区划调整后，成了名副其实的双峰人；而刘蓉，则成了涟源人。然而，湘乡话，这种连其他湖南人也难以听懂的方言，却守护着这个族群的独特精神。我深信，正是湘乡话，铸就了湘军的非凡战斗力，也自然而然地让涟源、双峰、湘乡三地的人们，至今葆有深厚的"老乡情结"。他们用相同的语调表达爱、惊讶、愤怒和沮丧，从而形成了共同的精神之相。

我很小就了解了什么是坎坷。鹅公坪的"平"是相对的，这个约一平方公里的生产队里，有十多个池塘，九个屋场，三片山林，四五十亩旱地，还有省道北边的雷公冲稻田和南边的秧冲稻田。坎坷无处不在、无所遁形，我五六岁就在清晨去拾狗粪，去养一头全公社最大的水牛，挑着一个粪筐牵着一根牛绚。这样的日子，春天和夏天尚且还好，但到了萧瑟的秋天和寒冷的冬天就变得异常艰难。草枯了，霜降了，饥饿的大水牯（水牛）不得不在陡峭的田埂和坚硬的塘基上艰难行走，时时发泄着它的不满。七岁那年，我被一头大水牯用牛角在头上挑了一个洞，那个洞离太阳穴只有一厘米。八岁那年，我想学游泳，看见嫂子在池塘对面的田地里摘黄瓜，便一个猛子扎进塘里。我嫂子一边跑过来一边大喊"救命"，幸亏她在地坪上顺手抄起一根晒衣服的竹竿，这才救了我一命。十岁那年，赤脚朱医生将我的脑膜炎误诊为伤风感冒，病情来来回回拖了半个月，直至在双峰县人民医院抢救了一个多月，我才侥幸捡回一条命。十二岁的时候，大伯的屋后有一棵生长了几十年的杨梅树，有一天下午四五点钟，我爬上杨梅树吃了个饱。不料大伯来到了他的自留地，距离我大概只有三十米远。我一动不动地趴在十几米高的树上,大伯竟然在自留地里转悠了两个多小时,直到天色昏暗,我娘喊我:"雄前宝,吃饭哩!"我都不敢回答……

比起我父亲的坎坷,我的这些经历只是九牛一毛。父亲1919年生人,十二三岁就到洋潭挑脚,洋潭在涟水的下游。鹅公坪的乡亲中,总有六七个青壮汉子去洋潭打零工,父亲是其中年纪最小的。他们在清晨的朦胧中出发,夜晚摸黑回家,来回四十里地,这样的日子父亲过了三年。之后,父亲和春生叔叔搭伙,去湖南醴陵瓷器厂批发一些坛坛罐罐,从湘中丘陵到湘东山地,一趟来回需要四天,他们因此练就了一双铁脚板。1941年,父亲带着四五个伙计去贵州、四川贩卖醴陵瓷器。在战火纷飞的年代,父亲在四川、贵州滞留了整整九年。回乡后,父亲经历了"大跃进"和人民公社化运动中的"左"倾错误,也熬过了1959年至1961年的困难时期,更遭受了"文革"的劫难。即便在五十一岁的高龄,他还拉了十年的板车,每天从鹅公坪到县城永丰镇,来回六十里路,一年365天,至少有300天在给秧冲供销社拉货。20世纪70年代的湘中丘陵地区,即便是省道,也还是坑坑洼洼的沙子泥巴路。无论是晴天、雨天,还是热天、冷天,父亲都在拉车。上陡坡时,他的身体要弯曲到三十度;下陡坡时,则紧紧用身体抵住板车，以防车速失控导致车毁人亡。坎坎坷坷，急弯陡坡，暴风骤雨，都是他的日常。清明时节，苦楝树的白花盛开，青少年或许已厌倦了它的苦涩，但我却永远铭记湘中大地每一条公路旁的苦楝树。无数次回乡，我坐在车上，无数次默念那些苦楝树。它们象征着苦难，也承载着乡愁。

2001年夏天的一个夜晚，回乡休假的我在春生叔叔家里闲聊，一会儿同新叔叔和他儿子河清哥听到消息也过来了。我们喝茶、吸烟和闲聊。同新叔叔突然问我："雄前宝，如果把现在的你送回到过去的那个时代，让你在鹅公坪做农民，你会怎么办？"我毫不犹豫地说："我肯定会死在我的青壮年。"同新叔叔不作声，春生叔叔也不作声。我父亲呢，强忍着眼泪泣不成声。他的儿子，就在十年前因一场小病拖成大病而离世。父亲是那个时代活下来的人，父亲能够活下来，这是一个多么了不起的奇迹。坎坎坷坷，磕磕绊绊，湘中大地的忧愁弥漫其间，这忧愁不是乡愁，而是苦难。

三

乡愁与怀旧，是潜藏于每个人心底的情结，一旦远离过去和故土，它便会或急或缓地涌流而出。一般而言，乡愁包含两个层面：一个是形而下的，是对乡里亲友的深切思念和对故园风物的追怀；另一个是形而上的，是对作为安心立命的民间文化传统的深情眷恋。城市化是现代化的必由之路，其蓬勃发展的进程激发了人们心中浓烈的乡愁。城市空间的公共性与乡愁情感的私人化之间形成的现实张力，促使人们在城市社会的进步与传统文化的保留之间寻求一种动态平衡。这已成为都市文化建设与都市社会心理之间的一场博弈。

我还是想强调，全球化的滚滚浪潮和中国乡村城市化的强劲推进，已经让包括湘乡在内的中国乡村走在"血坳"上。随着青壮年洗脚进城，乡村的荒芜和空心已是不争的事实。暮色苍茫，群山苍茫。暮色在四十年间突然就苍茫了，群山在四十年间突然就苍茫了。这曾是地球上最为经典且宏大的农耕文明啊！这曾是绵延数千年、生生不息、活力四射的文化传统啊！在如血的夕阳与连绵的丘陵之中，我们目睹的是那些令人心碎的景象：满目皆是荒草萋萋、古道西风以及断壁残垣。"我们从哪里来？我们是谁？我们往哪里去？"这响亮的发问，一直盘旋在你我的脑海里。我们的乡愁，不仅仅是一个时空概念，更重要的是一个文化概念。故乡在我们笔下，不仅是狭义的出生地，更是广义的精神家园，它承载着我们对故乡乃至整个乡土中国的所有记忆。

在众多的文艺作品中，乡愁是寻找来的，往往指向有限的场景、特定的人和事。孟子说："所谓故国者，非谓有乔木之谓也，有世臣之谓也。"如今，自然不再有什么"世臣"，我们姑且把"世臣"理解为"人物"，那么稍稍发挥一下，孟子这句话就可以这样理解：所谓故乡，所谓故国，是一个"以人为本"的人文概念，而不是一个自然地理概念，并不是因为山上有不一样的树，而是因为史上有不一样的人。"人物"才是"故国"或"故乡"的标识。湘乡这片故土的人物，当然包括曾国藩、罗泽南、刘蓉、李续宾、陈天华、禹之谟、蔡和森、蔡畅……这样的政治人物，也自然包括将曾国藩的家训"耕读为本""早扫考宝"，刘蓉的教子格言"一室之不治，何以天下家国为"，"吃得苦，霸得蛮，不怕死，耐得烦"这些精神理念奉为圭臬，并躬身践行的先民。

自从有了城市，就有了乡愁。乡愁在过去至少包括交通、居住、工作、孤独、文化五种愁，乡愁的解决依靠城镇化，逐渐消除城乡之间的差异。但城镇化一定是一个自然的、历史的渐变过程。而与此同时，今日的城市同样存在"城愁"。2010年，春运开始的第一天，在南昌火车站，一位年轻妈妈身背体积硕大的背囊，左手提着一个破旧的背包，右手搂着一个幼小的婴儿，这一幕被镜头定格。母亲心酸的行囊与眼中的坚定形成了鲜明的对比，令人泪目，感动了无数中国人。这张照片的拍摄者是周科，照片中的人物因此被称为"春运母亲"。这是交通之痛的缩影。

而居住之痛，更是痛入肺腑。我在20世纪90年代初来到深圳，第一站住在福田莲花二村8栋602室，不到80平方米的居住空间，竟然住了四户人家：彭见明夫妇、熊红夫妇、戴树铮夫妇和我们夫妇。老大见明夫妇住了一间主房，熊红夫妇住了一间客房，客厅用复合木夹板隔成两间5平方米的卧室，老戴夫妇的卧室还有个小阳台，我们夫妇就是一间5平方米的黑屋子。见明煎熬了一年左右，实在熬不住了，对我说："雄前啊，老子至少是个作家，获过全国大奖的作家。岳阳市政府奖励我一套大别墅，我读读书写写字，日子过得飞起。走啦走啦。"我怎么都留不住他。当年这样的房子美其名曰"团结户"，但漱口要排队，屙尿要排队，屙屎要排队，吃饭要排队，洗衣要排队……即使在现在的深圳，还有无数的农民工住在城中村的出租屋，一家人挤在20平方米或30平方米的房子里的情况比比皆是。放眼当下的乡村，至少有80%的老母亲都在城里替自己的孩子带娃，这也是她们的命——中国底层妇女的命。这是居住之痛。

工作、孤独和文化的忧愁，写下来都是泪。

四

我的好友肖双红写了一本书叫《深呼吸》，从第一节"马克里打开过道上的一扇窗，让新鲜空气吹进来，他做了一个深呼吸"开始，到最后一节（第57节）"周志凯独自转到罗湖立交桥的西边，没有月落乌啼，也没有江枫渔火，只有鹏海大道的吆喝声，还有弘一寺的钟声。他做了一个漫长的深呼吸"，全书首尾呼应，既保持了小说叙事节奏的紧凑与张力，又巧妙影射了城市生活的逼仄空间。

肖双红在书中用了十多次"深呼吸"，但从不滥用：他只把深呼吸的权利赋予正常人周志凯，让他警惕、反思或下定决心；而对完全异化了的戚桑（因官场）和方先生（因商场），其深呼吸功能已经失去，就像被口罩隔离；人性未泯时期的程香有过一次正常的深呼吸，接着就因马克里所传染的艾滋病而失去；熊林潜伏十年后被周志凯所带的刑警死死按住，他当然有一次迫不得已的深呼吸；周志凯太太丁婉和流浪诗人刘一廊的虐恋，是动物性的深呼吸。深呼吸成为一个符号，和这座城市的发展相对应，它直指城市的起点——一场思想解放的深呼吸所勾勒出的宏伟蓝图。同时，深呼吸也如同一个节拍器，贯穿整部小说，在开篇与结尾，在情节最为紧张激烈之时,在叙事如瀑布般倾泻而下之际,都留下了它的印记。作者对这座城市的深情厚谊与对罪恶制造者的强烈愤慨,均溢于言表。

现代城市文明的基本逻辑,是将一切人和物都纳入资本逻辑框架之中,是利益、资本至上的文化。马克思对劳动的异化和人的异化进行了深刻的论述。正是在这种背景下,世界文学中的城市都被赋予了悲剧色彩,融入世界的中国文学也概莫能外。也正是在此背景下,《深呼吸》成为中国城市文学中独一无二的悲剧样本。

肖双红所叙述的这座城市是独一无二的,它虽只有四十多年的历史,却可以与有几百年历史的世界一流城市比肩。这种非常规的发展速度,是不是以资本的逻辑为驱动?是不是以一个个鲜活生命的奉献和牺牲来维系?"时间就是金钱,效率就是生命"说明了一切:它诞生于全世界最悠久、最伟大的乡村文明中,资本的逻辑将传统的伦理关系彻底打破,人的价值不仅在信仰体系和政治体系中失去有效的支撑和包装,而且在生活层面也引发了剧变。过去最推崇的家庭伦理秩序,被崛起的主体性和个人价值突破。理解这座城市的独特性,就理解了肖双红笔下的人物——每一个都是无根的浮萍,他们对之前的军营生活、校园生活、官场生活、商场生活等,都讳莫如深；就理解了某些爱情为何不能保持纯洁，某些家庭为何不能保持完整；就理解了欲望的膨胀、罪恶的滋生、虐恋的快感何以风起云涌。

　　这就是城愁。日常生活的琐碎与尘埃，日复一日地覆盖着我们的记忆，唯有伟大的文学作品才能稍稍治愈我们的耻辱和遗忘。这样，我们才会迫使自己贴着地面飞行，而不敢在云端歌唱。

　　熬吧，熬吧。熬不下去了，就唱唱刘欢的《心中的太阳》："天上有个太阳，水中有个月亮／我不知道，我不知道，我不知道／哪个更圆，哪个更亮／哎嗨哎嗨呀／山上有棵小树，山下有棵大树／我不知道，我不知道，我不知道／哪个更大，哪个更高／哎嗨哎嗨呀／下雪啦天晴啦／下雪别忘穿棉袄／下雪啦天晴啦／天晴别忘戴草帽……"这首歌很治愈，我常常在心里唱。

第二章 春潮奔涌

深圳的灵魂

深圳，犹如一位青春靓丽的少女，不知不觉就长到二十岁了。二十岁的深圳，日夜兼程地追寻着新的梦想，而我，却忍不住回望她灰姑娘般的往昔。

深圳的前身是宝安，宝安之前则为新安。1575 年，明朝官府在此正式设立县治，寓意"革故鼎新，去危为安"，故名新安。如同天下父母皆怀揣望子成龙、望女成凤的美好心愿，这片土地也曾承载统治者无限的期许。然而，自 1575 年后的四百年间，这片土地又何曾真正肩负起"革故鼎新，去危为安"的历史使命？

相反，这片土地在 19 世纪被帝国主义列强捅下了瓜分祖国的第一刀。在 20 世纪中叶，这片土地上的人民因不满贫穷封闭，在屈辱的泪水中又掀起逃港的风潮……

深圳的这段历史，已经被林立的高楼和茂密的春草掩盖，却年复一年、日复一日在提醒我们铭记这座城市的灵魂。

深圳的灵魂是什么？是"发展才是硬道理"这七个鲜红醒目的大字。

在这七个鲜红醒目的大字下，我们想象得到，我国改革开放时，邓小平同志在中国南海边画圈的时候，那"杀出一条血路"的悲壮，那"赢得与资本主义相比较的优势"的立誓。那是何等沉重的耻辱感在驱使着他，又是何等迫切的发展愿望在催促着他。

在这七个鲜红醒目的大字下，这座城市喊出过"时间就是金钱，效率就是生命"的口号，喊出过"空谈误国，实干兴邦"的口号。这两个口号，正是基于对城市灵魂的高度认同，才得以深入人心。

在这七个鲜红醒目的大字下，这座城市自觉响应"增创新优势，更上一层楼"的号召。因为这片土地上的人们在冲破封闭的枷锁中，深刻体会到了传统的沉重惰性；在对外开放的浪潮中，真切感受到了发展的永无止境。

历代统治者无不渴望国家富强，但在天朝大国的盲目自大中，"革故鼎新，去危为安"往往沦为一句空话；世代百姓皆期盼安居乐业，但在风雨飘摇的时代背景下，"国泰民安，小康人家"往往只能成为遥不可及的梦想。国家的富强，离不开统治者树立生生不息的发展观念；而民众的富裕，则更多依赖于国家的发展政策与时代的发展潮流。

今夜，二十岁的深圳如同一位青春少女，在经历了一天的喧嚣之后，停下了她的歌声与舞步，在中国南海古老的节奏中孕育着新的梦想。我写下这些文字，愿与所有深圳人一同铭记这座城市的灵魂——"发展才是硬道理"！

胸膛是一面大鼓

在邓小平同志的言辞中,"我们要有雄心壮志"是一句出现频率很高的话。他对党的高级干部这样讲,对人民代表这样讲,对青年学生这样讲,可谓谆谆告诫,念念不忘。

邓小平同志于 20 世纪 70 年代末期重返政坛之时,"十年浩劫"给社会主义事业带来的创伤尚未痊愈,传统文明向现代文明转型的迷茫正悄然蔓延。作为一位年逾古稀的老人,他的话语中饱含理想,他立下的宏愿对中国人而言,无疑具有深远的震撼力。

邓小平同志是一个一生为雄心壮志所激动的人,也是一个一生为雄心壮志所支撑的人。无论生活在什么样的恶劣环境中,无论遭受什么样的严重挫折,他都雄心不死,壮志不老。这使他成为一个独特的人。而当他的雄心壮志有了施展机会的时候，他就用他淬过火的经验，用他经过风刀霜剑的胸膛，喊出"深圳的重要经验就是敢闯""改革是中国的第二次革命""发展才是硬道理""走自己的路"等掷地有声的话语。如此，他将富裕、开放、改革、自尊、法制、发展这些东西变成了社会主义的内涵；如此，他一步一步实现或接近了他的雄心壮志。这使他成为一个伟大的人。

马雅可夫斯基有诗曰："胸膛是一面大鼓！"邓小平同志的每一句话、每一个动作，都仿佛是由心跳激荡而起的鼓声。大鼓不追求成为石头砌造的墓碑，也不希冀成为令人欣赏赞叹的花环。大鼓的本质，在于呐喊，在于震撼人心。

我们伫立在这座因邓小平同志一句话而生长起来的城市中，目送他的遗体化为灰烬，心中充满悲伤。然而，那鼓音依旧在耳畔回响，激励着我们义无反顾地踏上实现雄心壮志的征程。

我们想，这便是对邓小平同志最好的缅怀。

你可听过云雀的歌唱

那天晚上,华裔网球明星张德培正在向世界网坛第一的高峰冲击。天才的桑普拉斯因伤缺阵已有一段时日,此次拦在他面前的是一位身高臂长的欧洲小将。面对一生难逢的机遇,张德培深深地吸气,眼睛里射出冷峻的光芒。

我在屏幕上跟踪张德培打球已经有七八个年头,他的每一场厮杀都令我提心吊胆。他的身体条件太一般了,不可能有桑普拉斯的大力发球,也不可能有阿加西的频频上网扣杀,他只能永远站在底线,用自己的快速移动,用自己的旺盛斗志,将每一个凶猛的来球挡回。他想得分太难了,大多数时候是以自己的耐心等待对手的耐心失去。现在,世界排名第二的张德培面对比自己排名低几十位的小将,也不敢有丝毫大意，他仍然站在底线，让我为他揪心不已。

看张德培打球是一种痛苦，就像关注一个人对他的命运的抵拒。他以平庸的身体条件，守住人生的底线。胜利了，那是命运对不屈者的微笑；失败了，他没有泪水，只是将这视为又一次与命运抗争的起点。

那天晚上，张德培再次落败。而到了下一个大满贯赛事，桑普拉斯应该已经伤愈复出，沉浸在波姬·小丝爱河中的阿加西也该从温柔乡中醒来。张德培的世界第一梦想似乎已渐行渐远，我看着他默默地擦汗，默默地收拾背包，眼睛有些湿润。

躺在床上，我久久无法入眠。清冷的月光从窗口透进来，逐渐淹没了我迷茫的思绪。我的悲伤无处排解，在似睡非睡之间，一阵嘹亮的鸟叫声从彼岸飘来，我蓦然惊醒。

那是故乡的鸟，一种不屈不挠、渴望翱翔天际的鸟。当我把牛放在故乡的山坡上，百无聊赖地望着天空时，总会听到一只鸟高声鸣叫："上天去！上天去！"那叫声中充满了对飞翔的渴望，它像箭一般射向天空，我惊喜地注视着那个逐渐变小、飞得越来越高的灰点。然而，很快，悲伤的叫声便响起："上不去了！上不去了！"那份绝望、那份哀伤，让听者无不为之动容。

我一直不知道这种鸟叫什么名字，母亲说叫"上天鸟"，我想应该叫云雀。我也不知道它为什么日复一日年复一年要做这样一件注定完成不了的事。放牛的我，目睹它一下午十数次上去下来的起落，小小的心中就充满了心事。

在张德培又输了的那个晚上，我的脑海里再次浮起了那只云雀的歌声。张德培，或许就是那只鸟，在我们每个人的人生旅途中，也时常会遇到那样的鸟。那么，让我们永远保持对飞翔的渴望吧！即使上不了天，也要守住人生的底线。

为中国寻梦的边缘人

《打工妹一年寄回60个亿》，这是1994年国庆节前夕深圳报纸的一条新闻通稿。60亿，当然不是小数目，按每人一年1000元计算，也需要600万人，况且还有多少钱是托人捎带回家或年终自己带回去的呢？

值得注意的是，这些寄回60个亿的打工妹，全是来自内地农村、在特区企业从事劳动密集型工种的打工者。而在深圳流血流汗，却不会在深圳生根开花结果的人群中，又有多少是在内地城镇、工厂停薪留职的，多少是从内地机关、学校辞职下海的，还有刚从大学里毕业、不听分配的初生牛犊，以及四海为家的自由职业者……他们中，有的攒钱是为了回家当老板，有的积蓄是为了出国深造，有的仅仅是为了体验生活、潇洒走一回。在深圳经济特区，这支有着200万人的庞大队伍，无疑是一个不容忽视的存在。

我把这支庞大的队伍称为特区边缘人。他们为何会成为这样一个特殊的群体？他们有着怎样的心路历程和生活体验？他们在中国现代化进程中起到了何种不可替代的作用？

边缘人生命中的青春主题

"跨过平原、山脉与河流，把萧瑟的风和冰凉的雨留在北方，我来到这座炎热的城——深圳。当我在亚热带直射的阳光下脱去腻人的秋装的时候，我觉得，我生命中黯淡的秋天该结束了。"《青春的抗争》中的这段文字，曾是我20世纪90年代初毅然决然闯荡深圳的心理动因之一。在经历了与众多闯深者共同历经艰辛的数年之后，我发现，"青春的抗争"实则是所有闯深者自觉或不自觉的心理基因。

在我们的传统文化中，"少年老成"一直是被众口称赞的成语。为了"少年老成"，社会推行了一套行之有效的道德教育规范，"克己""灭欲"成为意志磨炼的必修课程。尽管新文化运动曾试图以张扬个性的口号来打破这一传统，但经历"文化大革命"后，人心的篱笆和传统的浸淫，仍然使改革开放初期的中国人在追求个性自由的道路上举步维艰。少年过早地出现皱纹，中年过早地生出白发，这既是中国人不敢享受青春生命的真实写照，也是中国走向现代化最大的心理障碍之一。

契机源自特区的建立，源自人才相对自由流动的体制。一个不够成熟的下海者来了，或许她在原单位喜欢在领导面前逞能，或许她感到日复一日、年复一年地请示汇报太过单调，或许她在故乡因莫须有的"作风问题"而快成了嫁不出去的老处女，总之，她战战兢兢地来了。她惊喜地发现，或许是这里太需要人才，或许是这里离中国传统气息较浓的内陆太远，离欧风美雨气氛较浓的香港很近，或许在平地上堆出一座城市，堆出一种文化，本身就不需要老成的经验，只需要青春的激情。总之，她在这里如鱼得水，一不小心就能赚到过去千方百计都赚不到的钱，青春年少就能坐上内地老态龙钟者都坐不上的位子。于是，她衣锦还乡，将这个消息传递给了她的亲人、朋友、同事。于是，一批批和她一样不够老成的男男女女，纷纷来到了南国这块火热的土地。

这是"特区边缘人"的一个组成部分。

而来自内地农村的打工妹，满足了特区对劳动力的渴求，同时满足了她们自身对青春激情的渴望。是特区的建立，使她们走出山沟丘陵，走出"日出而作，日落而息"的生活模式，走出由生到死、由女儿到养育儿女的简单人生模式。外面的世界如此精彩，让乡村的儿女眼花缭乱，青春的本能在自由的环境里蠢蠢欲动。在比故乡的小河还要长的流水线上，她们体验着酸甜苦辣，收获"面朝黄土背朝天"所远远不能收获的金钱。她们吃着最简单的食物，穿着永远的牛仔装，然后将梦想延伸到千里之外的故乡：让弟妹读书，让父母养老，让家里盖上房子。

打工妹比她们的祖母、母亲幸运，因为她们终究走出了家乡，体验了祖母、母亲在包办婚姻中所没有体验过的青春情感。在打工妹赤裸裸的青春劳力付出中，她们品尝到了青春的滋味。

历史从来没有给过中国以健全的青春感觉，只有"思君令人老，岁月忽已晚"的感伤喟叹。20世纪末出现的"特区边缘人"群体，第一次将青春的旗帜高扬起来。千百万风华正茂的年轻人从四面八方向特区拥来，我们民族的青春在这里汇聚，在这里向压迫我们的衰老抗争。蒙在思想上的厚厚灰尘被掸除了，封锁感情的沉重铁门被砸烂了，驼着的背挺直了，微弱的声音变得清亮了，脚步变得矫健、坚实且充满信心了；日日夜夜都在持续着有力的冲击，里里外外都在经历着全新的蜕变。在这里，有荆棘但没有退缩，有重压但没有屈服，有失败但没有停滞……每个角落都燃烧着青春的激情。

"特区边缘人"生命中的青春主题，是我们民族历史发展中的一次奇迹。这一主题诞生在改革开放的时代背景之下，给我国民族文化注入了新鲜血液，并成为我们民族走向21世纪的精神支撑。

边缘人对中国现代化的推进

许多年以前，我国就把消灭工农差别、城乡差别、体力劳动与脑力劳动的差别作为奋斗目标，但是，在接连不断的政治运动中，三大差别中，除脑力劳动者"臭老九"们地位下降，稍与体力劳动者拉近外，前两项差别不但没有消灭，反而有逐渐拉大之势。农民梦想当工人，梦想迁入"天堂"般的城市，这一直是个沉重的现实。

"特区边缘人"的出现，第一次使消灭三大差别成为真实的可能。打工妹不仅真实地体验工人和城市的生活，更重要的是，她们还第一次群体性地接受了"城市"的概念，接受了现代生活的洗礼和现代文明的感召。由此，农村城市化、工业化不再停留在虚幻的政治口号上，而是真真实实地具有了主体的冲动和主体参与实践的经验。而来自内地城镇、工厂、机关、学校的特区边缘人，所从事的公关、策划、管理等工作，事实上已模糊了体力劳动与脑力劳动的界限。"特区边缘人"群体仅凭这一点，就足以载入史册。

事实上，"特区边缘人"对中国历史发展的意义绝不仅限于在消灭三大差别上的突破性贡献。从最根本处讲，"特区边缘人"的生命形式打破了中华民族数千年追求"虚静"的传统。

鲁迅先生曾指出："中国之治，理想在不撄。"所谓不撄，就是不震撼人的心灵，就是静。儒道两家均强调"虚静""天人合一""安贫乐道""不忧不怒不怨"，使中国封建社会成为众所周知的超稳定结构，形成了"虚静"的民族文化心理。"特区边缘人"在一个相对稳定的社会政治环境中，提供了一种"动"的生命形式。打工妹不再安于"面朝黄土背朝天"，不再安于"父母之命，媒妁之言"，不再安于喂猪打狗、养儿育女；闯特区的城里人不再安于那把铁交椅、那份铁工资，不再安于日复一日、年复一年的请示汇报，不再安于那熟悉的生活背景和生活模式。他们动起来了，在流动闯荡中形成了动的精神风貌，享受到动比静好得多的滋味。于是，中国乡土传统中的封建陋习得到了一次空前的清除，而中国城市工厂、机关中那积弊已久的"一言堂"、"任人唯亲"的裙带关系、"做一天和尚撞一天钟"的悠闲轻松……都将被一一打破。你有"长官意志""任人唯亲"？我惹不起躲得起，闯世界去，走了一个两个，你或许坐得住，走了十个八个，总该让你焦躁不安吧！没有效益、没有收入，看着闯世界的"边缘人"发达了，你总该"穷则思变"，增强一点上进心吧！"特区边缘人"是震动人心的不安因子，不仅给特区带来勃勃生机，同时给他们的出生地带来灵魂躁动。

尤其令人惊喜的是，作为"特区边缘人"动的精神的扩张与延伸，中国的每一个城市都有来自异地的边缘人在闯荡，不少乡村都有城市人光顾投资办厂。中国人在动，中国人正在建立动的思维、动的文化。我想，这或许是特区创立之初没有预料到的结果，而这份成果绝不是几个特区带来的经济成就所能比拟的。

边缘人生存的代价与特区社会应采取的态度

在我们这个户籍管理制度严格的国家里，边缘人生存的代价是沉重的。他们的职业竞争存在不公平因素，他们的工资福利待遇往往低于拥有特区户口的人；他们最好是不生育，因为他们的小孩儿很难入托上学；他们最好是不生病，因为他们不能享受医疗保险……这一切对边缘人而言是残酷的。

正是基于对边缘人为中国现代化历程所作出的卓越贡献的认识，我们认为，特区社会应当为边缘人提供更好的生存环境，为中国边缘人群体的壮大发展提供管理上的成功经验。

如今，我们看到"三资企业"中克扣、拖欠打工妹工资的现象依然存在，无理延长加班时间、提供恶劣生活环境的老板依然存在，更为严重的是，打工妹真正需要的管理经验和生产技术依然匮乏。我们看到，管理人员的招聘要求上依然写着"有本地户口、住房者优先"，幼儿园、学校的大门对边缘人的儿女依然紧闭，对边缘人的使用依然疑虑重重……我们能否将这些给边缘人留下心理阴影的条条框框减少一些呢？

特区作为"边缘人"的肇始地，既有责任也有能力为"边缘人"提供更好的生存条件，让"边缘人"铭记特区的宽容、特区的关爱、特区的情谊。

无数的"特区边缘人"成了地道的特区人，但是，那种流动的精神将融入他们的血液，因为青春并非生命的一个阶段，而是一种精神境界。

无数的"特区边缘人"将永远穿梭在中国的城乡之间、工农之间、脑力劳动与体力劳动之间，成为灵动的民族精神，成为少年中国这一伟大梦想的实践者。

"特区边缘人",特区的阳光海浪永远不会忘记他们的浪漫,高楼大厦永远不会忘记他们的奉献,他们将永远刻在中国的历史上。

城市的背面

我、许军和程峰参加一个电视政论片的写作班底,在宾馆里猫了半个月后,决定出去散散心。时间:晚上十一点半。目的地:酒吧。

"芝加哥"酒吧以刺鼻的烟味和刺耳的音乐迎接了我们。第一次置身这种场合,我感到一阵晕眩。酒吧里人满为患,全场疯狂。每一头青春的公牛都在大口地喝着啤酒,而白天里文静淑雅的姑娘们,在"芝加哥"也卸下了伪装,喝酒抽烟,随着音乐扭动身体,尖叫欢呼。黑夜里沉默的城市是大气候,黑夜里躁动的"芝加哥"是小气候。我不断地看到有人跳到桌上表演舞蹈,使劲地扭啊摆啊,然后"扑通"一声跳下来,仰起脖子喝酒。我知道他们在唱在吼,但听不见他们唱什么吼什么。我还看到，起初有些拘谨的打工妹，不喝酒不抽烟，但在音乐的感召下，慢慢开始扭动起来。一个人来的低着头扭，三五成群来的围成圈扭，每个人都很快融入了氛围，每个人的脸蛋都红扑扑的。

挥挥手告别飞身上篮的乔丹，我们打的去"丁丁酒吧"。深夜的城市杳无人迹，亮着顶灯的的士像幽灵一样在街巷中飘荡，这个城市看不出一点异常。与开放、喧嚣的"芝加哥"不同，"丁丁酒吧"封闭的木门厚重而又古朴，像我故乡老屋的堂屋木门，"吱呀"一声推开，若有若无的音乐使这里更显安静。昏暗的顶灯，颜色沉重的墙壁，土头土脑的桌凳，让我仿佛进入了城市的另一个世界。闷闷地喝酒的人，静静地斟酒的小姐，昏暗的灯光和浑浊的眼睛，使一切的动作都定格下来。墙壁上挂着一些奇奇怪怪的装饰品，最奇怪的是一幅女人的照片，神情幽幽，目光迷茫，好像刚从烟雾中逃出，透出一种说不出的神秘。"这是酒吧的老板。"程峰说。我想，这应该是一个伤过心的女人，来这里喝酒的人或许都是伤心人。在城市睡着的时候，这些睡不着的人来此借酒消愁。

在那个晚上，我们穿越这座城市的大街小巷，寻找着我们听说过的所有酒吧。在每一个酒吧，我们都喝下一扎啤酒，100元一扎的啤酒使我们也青春起来，伤心起来。"阳光酒店"

门口有游荡的女孩看到我们的的士经过，赶忙围过来招揽生意，不想后面的的士跳下三位拿着手铐的便衣警察。一阵尖叫之后，远处的人作鸟兽散。一个乞丐在一辆没有玻璃的军用吉普里呼呼大睡，不明就里的许军一脚踢去，惊醒了他驾驶吉普横冲直撞的美梦。有一个夜游神在高亢地唱着《心中的太阳》，他把高楼大厦当成了听众；有一个"老军医"在电线杆上贴"专治花柳"的单子，不知明天又有几位花心大圣落入他的掌中……城市的另一面在我的醉眼中展现，心中竟有一种发现秘密的窃喜。

那个晚上，当我们走出"夜猫酒吧"时，已是凌晨五点。酒吧里满场摇滚的青春小伙小妹，还在进行最后的疯狂。我们跌跌撞撞地走在大街上，洒水车正缓缓驶过，辛勤的清洁工已经开始打扫垃圾。

青春是锁不住的，在这座随时都能看到吃饭的人、随时都能看到睡觉的人的城市里，白天是正面，夜晚是背面；沉寂的街道是正面，喧嚣的酒吧是背面。城市的背面是什么，知情者还在梦中。

哭打工妹陈永红

1996年7月23日下午，我正躲在迎宾馆撰写关于这座城市的专题片文案，写得兴致勃勃时，传呼机响了。随后，我得知小陈去世了，是在端溪酒店大火中被烟熏致死的。

小陈名叫陈永红，是从长沙郊县来的打工妹，服务于深圳天王星制版公司已经四年多了。去年下半年之前的《女报》，有二十多期是在"天王星"打字、排版、出菲林的，因此，我就认识了小陈和"天王星"的其他几位打工妹。"天王星"是一家规模很小的公司，老板、老板娘和他们的儿子全部上阵，加上打工妹也才七八个人。原先，他们挤在深铁大厦的一间办公室里，直到去年年初才搬到端溪酒店，租了九楼的两间办公室。

胖乎乎的小陈是这家公司的主管。说是主管，其实就是做事的主力。由于工资低、工时长、工作环境不尽如人意，这里的打工妹不断有人跳槽，新来的打工妹总是由她带着熟悉工作。"天王星"的生意出奇地好，因为这里的成本低，报价也低，而且从来不耽误工期。老板夫妇是肯拼命的人，他们深知家小业小的"天王星"只有靠低价、信誉好才能生存下去。而小陈是打工妹中最体谅老板的人，进公司两年，即使视力从1.5降到0.1也在所不惜。她对任何客户都笑脸相迎，在狭小的空间里忙得像个陀螺，还时不时要给我们这些催货的人端茶倒水，说好话。

由于新来的打工妹打字排版不熟练，错别字老是改不干净或排版不符合要求，我就老是喊"小陈"，她就会放下手中的活计来给新手做示范。菲林上修修补补的技术活儿也总是由她完成，从来没有一句怨言。她每天工作都在十二小时以上，来深圳四年多，连民俗村、世界之窗都没去过。

有一天中午，我在沙发上看着清样睡着了，醒来后发现肚子上多了一件衣服。我就问打工妹小王："谁这么懂事？"小王说是小陈。我感激地看向小陈，小陈羞涩地一笑："穷人的孩子早当家嘛。"

我当时以为她只是开玩笑，今天我才知道这是真的。小陈上高中时母亲去世了，1991年因为差3分没能考上大学，就出来打工了。她死后只留下一张1800元的存折，还有一大沓汇款单的回执，都是农忙时节寄给父亲买化肥的或开学时节寄给两位上中学的妹妹作学费的，还有几张汇款单是寄给遇到困难的中学同学的……

火灾发生的那天晚上，每天都累得精疲力竭的小陈睡得太沉了，连老板的哑巴儿子都逃了出来，她却在睡梦中被烟熏死了。

接到传呼的那个下午和晚上，我都沉浸在悲痛之中。当我将这个消息告诉市妇联主席时，电话那头也是久久的沉默。然后，我们决定派人去参加告别仪式，并送一些钱给小陈的家人。那天，我无法再继续撰写专题片文案。我对这座城市的热爱是真实的，小陈的死让我深感悲伤。

永不绝望

一个与自己先生在知青生活中建立感情的女性，在经历"第三者"插足的痛苦之后，给《女报》打电话说："我对男人真的绝望了！"

一个自信自己的才能远远超越自己目前处境的女孩，在经历第 21 次求职失败的痛苦之后，给《女报》写信说："我对社会真的绝望了！"

一个在流水线上苦苦干了三年的打工妹，想把所有的积蓄寄回家盖房子的时候，钱被打劫了，她来到《女报》哭诉："我对人生真的绝望了！"

……

你们真的就这样绝望了吗？我讲一个在我心里珍藏多年

的故事。

我的故乡在湘中丘陵地区，我们村里有一位寡妇叫陈满姨。陈满姨三十五岁那年失去了丈夫，留下了三个孩子，最大的十四岁，最小的仅九岁。有儿有女的陈满姨不能再嫁，也不想再嫁。或许她是要和命运赌口气，或许是其他什么原因，总之，丈夫死后的陈满姨发誓要将儿子送进大学，在20世纪60年代的中国农村，这是多么奢侈的梦想啊！

陈满姨的大崽立民小学毕业那年，她那如花似玉的大女儿嫁给了毫不起眼的李屠户。村里人不理解。李屠户每个星期按岳母的要求送来猪下水，立民吃着姐夫的猪下水茁壮成长。到他初中毕业那年，陈满姨又将如花似玉的二女儿嫁给了县城一位修钟表的跛子。村里人又不理解。而立民则顺理成章地住到了二姐夫家，开始在县一中念高中。

立民的成绩很好，但高中毕业那年却未能如愿考上大学，因为当时的大学需要推荐才能入学。人算不如天算，陈满姨一夜之间愁白了头。抹干泪，陈满姨到县城把立民接回家种田。

立民是我们村里"文革"后考上的第一个大学生。陈满姨在送立民上大学的十三年时间里，可以死一百次，但她永不绝望。你或许感到这故事的残酷，立民两位姐姐的牺牲实在悲壮，但我却一直被这个故事所蕴含的精神感动。生活中有无数的不如意，人生历程中有太多的痛苦事，你就得有个信念，你就得有点精神。

记住：永不绝望。

做一个神奇的送信人

1898年,美国为确保自己在古巴的利益,决定对侵占古巴的西班牙宣战。开战前夕,麦金莱总统急需找到一个能将信送给古巴起义军首领加西亚将军的人。美国军事情报局局长毫不犹豫地推荐了罗文中尉——若有人能完成此任务,那非罗文莫属。

一小时后,那封致加西亚的信便摆在了罗文面前。罗文未多问任何问题,即刻踏上了寻找加西亚的征程。在整个过程中,他自然遇到了诸多意想不到的困难,但这位年轻中尉心中怀着完成任务的迫切愿望,凭借着绝对的勇气和不屈不挠的精神,最终将信交给了加西亚,并带回了答复。

送信给加西亚的壮举,被当时的美国陆军司令誉为"军事史上最具冒险性和最勇敢的事迹"。同时，它也激发了出版人阿尔伯特·哈伯德的灵感，他写下了《致加西亚的信》，使罗文的事迹影响了无数国家和无数企业的一代又一代人。日俄战争期间，上前线的俄罗斯士兵人手一册《致加西亚的信》。日本人在阵亡的俄罗斯士兵的遗物中发现了这些小册子，随后日本天皇下令：日本士兵乃至平民都要人手一册《致加西亚的信》。

在《致加西亚的信》这本人类有史以来最畅销图书之一的小册子里，有一段话值得所有人铭记。

我要强调的重点是：美国总统把一封写给加西亚的信交给罗文，而罗文接过信之后，并没有问："他在什么地方？"

像他这种人，我们应该为他塑造不朽的雕像，放在每一所大学里。年轻人所需要的不只是学习书本上的知识，也不只是聆听他人的种种指导，而是更需要一种敬业精神，立即采取行动，尽可能地去完成任务——"把信送给加西亚"。

2002年新春，我向《女报》全体员工推荐了送信人罗文的故事。而《女报》策划这一专题，则完全得益于深圳华侨城集团副总裁、华侨城威尼斯酒店集团董事长聂国华先生的启发。

聂国华先生从不吝啬对同事的赞美。在中国最美丽的五星级酒店——威尼斯酒店开业前后的两年时间里,他多次向我提到谢滔的名字,讲述这位女孩如何将个人事业与华侨城的发展紧密相连,数年如一日驻守威尼斯酒店工地;更赞叹她以智慧践行领导创意的历程,其间,既要实现威尼斯文化主题与中国传统意蕴的融合,又要贯通建筑设计师风格与华侨城城区特色,桩桩件件都殊为不易……在他生动的描述中,我想起了那位勇敢的送信人。

深圳是一座神奇的城市。恐怕没有哪个地方像深圳这样热情地鼓励市民勇敢地承担责任、主动地完成任务。我甚至认为,当邓小平同志提出"杀出一条血路"的时候,深圳就成为给中国其他地区送信的人!深圳在给中国其他地区送信,无数的人又在给深圳送信。正是在这个可歌可泣的历史进程中,深圳人忠诚、勤奋、敬业的品质得以彰显,深圳作为一座伟大的现代名城成形了。

聂国华先生说,华侨城集团在倡导员工做罗文式的送信人,中国的许多企业也将《致加西亚的信》奉为圭臬。他认为,罗文送信的故事中有两点让他深受感动:第一,美国军事情报局局长第一反应就是罗文是最适合的送信人,这体现了领导的慧眼识人；第二，当送信的任务关乎国家利益，也符合自己的理想时，罗文能毫不犹豫地接受命令，并积极主动地完成任务。那种主动、执着和忠诚，是每一个时代、每一个国家都强烈渴望的精神财富。

　　我完全赞同聂国华先生的话，因为正如《致加西亚的信》的作者所言："文明，就是充满渴望地寻找这种人才的一个漫长的过程。"

2002年9月15日18时

每一个路过此地的人，请记住：2002年9月15日18时，既有我们的骄傲，也有我们的耻辱。

那一天那一刻，在这里，深圳书城公交站，深圳最繁华的市中心，深圳最热闹的下班人流高峰期，几个小偷横行街头，企图行窃。许多人选择默默旁观，许多人则转身离开。唯有一人，不愿做看客，她就是陈美健——深圳上步中学初三学生，一个年仅十五岁的女孩，她独自挺身而出，捍卫了深圳的正义。这位十五岁的正义卫士，在提醒即将遭窃的男士后，却遭到了歹徒的凶残殴打。无人挺身而出与恶势力斗争，无人大义凛然保护这位弱女子。陈美健踉跄逃离，而众歹徒则嚣张离去。

陈美健成为勇士，深圳市第755个"见义勇为治安勇士"，是深圳市年龄最小的勇士。那一天那一刻，许多二十五岁、三十五岁、四十五岁的人，本来可以成为勇士，但他们却怯懦地目睹十五岁的女孩成为勇士。

每一个路过此地的人，请你务必铭记：2002年9月15日18时，既有我们的骄傲，也有我们的耻辱。

玫瑰之约

贺大明是我多年的好友,他总是让我震惊。1992年春,他带着我闯深圳。一走出深圳火车站,他就嚷嚷:"这么蓝的天,这么白的云,你还不来深圳,你以为你是谁?"好像我不愿意来,也好像他已经是蓝天白云下的深圳人。就在那一次,我一锤子敲定了我在深圳的营生,而可怜的大明,此前四次,此后五次,总共九次南下也没有走进深圳的大门。

不被深圳接纳,是因为他没有硬邦邦的文凭,还有那接近警戒线的年龄。但是,这是一个多么大的错误啊!那些握有权柄的人也不想一想,一个工人能够奋斗成为电视专题片创作的高手,该有多么坚强的毅力和多么出众的才华!在大明第九次南下求职失败的那个晚上,我俩走在灯火稀落的深南大道上,一直默默无语。一辆辆汽车从我们身旁呼啸而过。我听到大明恨恨地低语:"我会让深圳后悔的。这不是我的耻辱,而是深圳的损失。"

深圳这座朝气蓬勃的城市,当然不会为大明后悔,更不会感到耻辱。但我理解大明在当时情境下的悲愤。一个编导过《老屋》《生命》《共同的太阳》,并屡获"中国电视奖"的艺术家,难道会让自己的艺术风格与特区市场经济社会产生抵牾吗(这是用人单位堂而皇之的担忧)?七年后的今天,大明的深圳同行终于发现,他有对市场经济社会可怕的适应力。继策划《人世间》专栏获1997年度"中国电视奖"之后,大明策划编导的《玫瑰之约》专栏又火爆全国。火爆到什么程度?广告加不进了,想赴《玫瑰之约》的青春男女已排到下个年度。

因为《女报》杂志要做形象广告,因为广告代理公司发来的传真件注明只有湖南卫视的《玫瑰之约》和《快乐大本营》插不进,我就拨通了大明的电话。在我的威逼利诱下,大明终于良心发现,加插了《女报》广告,并在现场挂出了写着"男人是船,女人是帆,深圳《女报》是港湾"的横幅。这个星期天晚上的八点,我准时将电视频道锁定"湖南卫视"。

不看不知道,一看吓一跳。

这是一场怎样的"玫瑰之约"啊！六对男女怀着最传统的恋爱、结婚、生子的愿望，在最现代的媒体上，在众目睽睽下，公开自己的求偶标准、人生向往和青春魅力，窈窕淑女的羞涩变成了商业社会的坦荡，"在河之洲"的诗意变成了五光十色的热闹。大明把"月上柳梢头，人约黄昏后"的风花雪月故事彻底颠覆了，建立了一套市场经济背景下崭新的恋爱规则。我和我妻子乐哈哈地各自挑选着中意的对象，当然也颇有成就感地看着不时出现的《女报》广告，高高兴兴地度过了一个晚上。

孤独的奋斗者该如何安置自己的人生？想一想大明的经历：一个三班倒的工人突然想成为电视艺术家，一个四十多岁的中年人发狂地闯深圳，一个五十岁的人策划一场"玫瑰之约"，再想一想"月上柳梢头，人约黄昏后"的风花雪月竟然可以用如此形式演绎……我只能一次又一次地感到震惊。

大江奔涌在大明的心头，他不知道枯竭的滋味，也永远不想知道。这使他显得非常年轻，看上去比我这个三十出头的人还要精神。大明一辈子都在做出人意料的事情，在不该开花的地方开花，在不该结果的地方结果。我想，他的人生实际上就是一场"玫瑰之约"。

涛声依旧

在当代流行金曲中,《女报》同人特别喜爱《涛声依旧》。情有独钟。看稿累了,午睡醒来,下班准备回家时,总会有一两位"冒牌毛宁"哼出一两句耳熟能详的歌词。这似乎已成了习惯。但在这习惯形成的过程中,歌声中必定有着与《女报》同人精神生活相契合的因素。在我看来,《涛声依旧》之所以流行,其缠绵优美的旋律无疑是一个重要依托,而更打动人心的,则是其歌词的丰富文化内涵。《涛声依旧》是依循迷茫、寻找、回归的线索来构筑自己的文化理念的。歌词中铺张地渲染渺小的个体在剧变大时代中的迷惘,"许多年以后能不能接受彼此的改变"充满令人心酸的无奈,"这一张旧船票能否登上你的客船"一唱三叹,表达出强烈的不确定性,这是我们这一时代精神生活最根本的特征。文化传统上对数百年闭关锁国状态的打破，以及市场经济概念对当代生活的渗入，使我们每个人的精神天平都发生了倾斜，人生无轨迹，生活无预言，情感无永恒，一切的一切都在改变……

于是，我们寻找，我们期求认同。"流连的钟声还在敲打我的无眠，尘封的日子始终不会是一片云烟"，无眠的寻问，在尘封的日子中碾过，在迷惘的世事中掠过，即使如一只惊弓之鸟也要引颈张望市场经济的大潮，也要折翅拍打异乡他地的风景。如果说，迷惘是当代精神生活的根本特征，那么，寻找就是当代最鲜明的行为方式了。我们走出祖先的轨迹出外打工，我们放弃习惯的因循下海淘金，我们"不求天长地久，只求一朝拥有"，我们要"潇洒走一回"，哪怕寻到的是"无言的结局"。

但是，在"千万次地问"之后，在"潇洒走一回"之后，我们蓦然发现，我们的世界依然是一个"涛声依旧"的世界。"月落乌啼总是千年的风霜"是一种顿悟，"久违的你一定保存着那张笑脸"是一种惊喜。即使"涛声依旧，不见当初的夜晚，今天的你我怎样重复昨天的故事"，但能够温暖我双眼的渔火，那停泊在枫桥边的真情，却是永恒中之永恒。现代的情感追索最终在古典的人文精神中找到了依托，这种回归是一个多么动人的神话啊!

　　满街都在唱《涛声依旧》,每位歌者都有自己的理解。失恋者视之为爱情歌曲,失意者视之为人生咏叹,而《女报》同人对《涛声依旧》的喜爱,则有着更复杂、更特殊的情怀。岁月推移,然而有后,又是一年过去了。无眠的多少个夜晚,绝非云烟的多少期杂志,面对读者的考问,我们这本杂志能否置于你的案头?迎接《女报》的,是否依然是那张笑脸?我们惶恐,我们警醒。我们都处在大时代的迷惘和追寻之中,我们都有手持旧船票搭不上新客船的危机感。我们唯一的选择是奉献真情,奉献爱心,让《女报》成为你人生跋涉中充满温情的渔火,成为你情感漂泊中那段流连悠长的钟声!

　　《涛声依旧》的歌声依然满街飘荡。既然我们都是《涛声依旧》的咏唱者,那么,让我们相约于《女报》:真情依旧如涛声,爱心永恒似渔火。

第三章 春暖花开

乾坤万里眼　时序百年心

——《邹传安全集·文字卷》序

一

邹传安先生生于 1940 年，字书靖，湖南省娄底市新化县水车镇人。幼时家境殷实，故得竟日临习，兴浸古人。少年时家境丕变，从殷实坠入困顿而辍学，幸亏考入瓷厂学习彩绘。邹先生在改革开放的四十多年里都以工笔画闻名于世。犹记得 1988 年 7 月，我刚从大学提前毕业数月，入职湖南省文联，参与创办《理论与创作》杂志。主编周健明对两期试刊号封面很不满意，就下了指示：湖南是工笔画大省，你去找陈白一、邹传安这些大家拿些画照做封面呀。于是，我便与邹传安先生这位家乡前辈结下了断断续续超过三十年的情谊。我一直以弟子之礼对待先生，尽管对他的画艺理解不深，但他的价值我深知。2016年下半年我主持立项《邹传安全集》的编辑出版工作，两年间无数次带着文字编辑和美术编辑从深圳市福田区岗厦的海天出版社前往罗湖区碧波花园与先生对接。终于，2018年9月在雅昌艺术馆推出了盛况空前的《邹传安全集》首发式。令我耿耿于怀的是，在选题论证过程中我们犯了错，完全将目光对准了他的书画艺术，但在两年间的无数次对接中，我发现先生有大量谈古论今的好文章，对于先生全集而言，实在是遗珠之憾。先生大度，我则愧疚，《邹传安全集·文字卷》是我几次恳求补过的结果。

二

先生自述："有生以来，不论居家出差，进食如厕，旅程坐卧，无一刻离书。又爱涂鸦，凡所寓目，触我痒痛者，必予挠搔，数十年间，无论书眉报隙，有感辄书，习以为常。"这些著述，若按类分，大致可分为五大类：一是经典解读，包括《阅古·读四书》《读论手札·孔子扫描》《读孟手札·我看孟子》《杂篇》《五经——十三经》等；二是时事评论，围绕《参考消息》《南方周末》《南方都市报》《深圳商报》等报刊的新闻事件，也围绕着身边的人心世风所发表的看法，包括《读报笔记》《脩言》等；三是乡愁散文，包括《里韵钩沉》《此情可堪成追忆》等；四是书画研究，包括《砚田缀呓》《序跋》等；五是诗文题咏。通过这些著述，我们可以比较完整地领会到先生的治学路径和学术建树。要言之，其学术成就主要有以下几个方面。

第一，对我国古代学术文化有着深厚积累和独到见解。他不仅对历代典籍涉猎广泛，而且融会贯通，有着精湛的研究和解说。因为读书仔细，所以他在阅读经典时能纠正前人的一些错误，发常人之所未发。如在《阅古·读四书》中，读到《论语·八佾第三》："子夏问曰：巧笑倩兮，美目盼兮，素以为绚兮，何谓也？子曰：绘事后素。曰：礼后乎？子曰：起予者商也，始可与言《诗》已矣。"郑玄释云："凡绘画先布众色，然后以素分布其间以成其文，喻美女虽有倩盼美质，亦须礼以成也。"后人大都依郑笺，释为绘画在完成色彩敷染之后，再以白色勾勒所有物象轮廓，以使物象各有界别。先生以六十余年的绘画实践经验，坚持认为"绘事后素"即绘事后于素，先要有白色的底子，然后才能画上各种颜色的物象，并且指出"素以为绚兮"与郑笺的"礼以成也"相矛盾。

在我看来，知人论世和推心置腹是先生解读经典的不二法门。在"扫描孔子"的过程中,他对孔子的喜爱溢于言表。尽管他扫描到孔子有"失言""另例""挨批""遗憾"的地方,却愈显孔子人格的丰满和追求至善的心性。在诠释孔子形象的书中,唯有先生将孔圣人的缺点和优点四六开,却丝毫不减"天不生仲尼,万古如长夜"的光芒,这是一种功力!反之,在"我看孟子"中,先生将他的一再研读由"心存敬畏"降至"分量减轻",在欣赏孟子"性善"理论、民本思想、浩然之气和雄辩滔滔之外,却一一列举孟子在思想深度、学术成就和德行状态等方面与孔子的差距。

　　先生作为工笔画大家,并不强求成为文字训诂音韵的一流专家,而只是在传统经典中汲取艺术创作的养料。正是这种放松的态度,让先生在《庄子》《国史补》《世说新语》《唐语林》《酉阳杂俎》《隋唐嘉话》等"杂篇"中,寻找到艺术的真趣味。咏项王三阕,刘禹锡、李贺和李清照三诗皆咏项羽兵败乌江事,或微词或惋惜或喝彩,先生取女史李清照之诗:"古今事,成者王侯败者寇。唯有项羽,虽败犹雄,虽死犹生者也。何耶?盖项直刘曲,项勇刘诈故也。遥想项王之临江一笑:'天之亡我,我何渡为!'真雄杰也。"我能想见先生的肝胆欲裂,豪气干云。古人云:人无癖不可与交,以其无深情也;人无疵不可与交,以其无真气也。先生对经典的解读有极为珍贵的深情和真气，这与他艺术创作中的真趣味息息相关。

第二，以"为己之学"秉承中国文化的优秀传统，真正做到学以致用。先生一定对孔子所言"古之学者为己，今之学者为人"有深刻理解。"为己"是用学问充实自己，提高自己的修养和道德；"为人"是用知识装饰自己而向别人炫耀。纵观先生的所有文字，揣摩读识心、性、理、气、仁、义、道、德八字的真义，研读四书五经的感悟，寻找真趣味的涵养，"先天下之忧而忧"的时评……都在构筑一个自足完满的心灵世界。

请看先生的自我定位："天许终身一平民，雕虫铸鸟老瓷工"（《自嘲一》），他将自己降低到尘埃里；"鸡鸣五鼓笔为剑，蜡尽三更案底眠"（《自嘲二》），他数十年如一日的勤奋，让他成为"忘我忘物之人，无欲无求之趣，随兴随缘之行"；而《自嘲三》"来从无处来，去向天尽头。我解其中味，黄沙共白鸥"和《自嘲四》"一管窥天乾坤细，半枕清梦几多时。名利如烟闲过了，暮雨秋山百家诗"，那就是王国维所指"蓦然回首，那人却在，灯火阑珊处"的境界了。

请读先生的《示儿》诗："天生好生德，地无侥幸酬。躬耕可为食，力学足自娱。清心先寡欲，洁身须节游。于世勿

邹传安　红梅

要知，于人勿依附。于己勿任放，于物勿苛求。勿学富家子，千金一掷休。勿羡幸运儿，孜孜多攀求。勿作纨绔弟，春色老荒丘。勿为蹒跚物，光阴不再留。贫乏不足患，运蹇不成忧。人言不可畏，冷暖不屑殊。君子但自强，一志奋千秋。君子坦荡荡，笑对世事殊。"纯然是修身之后的齐家之举。孟子讲："学问之道无他，求其放心而已矣。"先生的示儿诗和绞尽心汁的《知止斋日记》，正是那种找寻道德本心的牵肠挂肚。

然后，我们终于看到先生在其强大的生命经历中真正践行了"仁"——"己欲立而立人，己欲达而达人"。他以一个老瓷工的身份成为多所大学的客座教授，他自编的工笔画技法教材一印再印二十多次，他"惊天地，泣鬼神"的工笔画创作誉满全球。"为己之学"当然可以达到"为人之效"，司马迁讲，天下的学问无非两大类——"究天人之际，通古今之变"，前者讲人和天地万物的关系，后者讲人事朝代变迁的经验教训。在先生身上，天地万物的和谐共生和阅古论今的痛快淋漓就在笔下，就在心中。

第三，实践出真知的画学心得。这是他积六十年之功用力最巨、钻研最深、成就也最大的学问。先生自述："凡学，先须学痴，学愚，不可自作聪明，须将那前人功夫，反复追摹咀嚼，待到自己胎骨换尽，举手投足，皆能出规入矩之时，始可言变、言新、言奇。唯此时之变，方变出有源；此时之新奇，方能新而妥，奇而确。""变有源，新而妥，奇而确"这九个字，就是先生毕生遵循的方法论。

先生善于发现矛盾和解决问题，工笔画之所以在中国画中地位偏低，是"易至鲜妍，难于淡泊；易至繁茂，难于萧疏；易至活泼，难于端肃"。然后，用四条对策来解决工笔画易俗难雅的问题。一曰形肖，视之为工笔画区别于写意画的前提，提倡真肖全肖、纤毫毕现。二曰神完，就是要在形肖的基础上画出万物的精气神，花草、虫鸟、木石的神采和性格，白天与黑夜不一样，春季与秋季不一样，晴天与雨天不一样。三曰高格，先生所言"花鸟之中，须有人在，须有人之灵性在，有人之襟抱情趣在"，即学养和品格在画中的流露。四曰意远，先生认为"工笔画易实难虚，却最宜得虚。愈虚，境界愈深；愈实，境界愈浅。若片草皆实，则虽千花万叶，终是有数。唯虚实相生，千虚必依一实，方成景象。茫茫夜空，千嶂昏黑，一月凌云，立成良夜"。在先生谈艺的篇章里，发现矛盾解决问题，完全是实战性的处理方法，在在都有真知流露，处处皆有灼见独抒。

在我看来，作为一个学养深厚、心思缜密的大画家，先生的画学心得秉承了中国古代文论的诗性特征，并不着意于理论体系的构建和逻辑理性的推演，但他对工笔画的特殊性和中国艺术的普遍性做了非常深入的研究，其《衰年问道》一文就工与写、繁与简、整与细、雅与俗、技与道等进行的辨析，极具功力；而他在描述画画的细节时，完全放弃《文心雕龙》《诗品》等，以一整套独具诗性精神的范畴和术语，如神思、情采、体性、风骨、兴寄、气象，以及性灵说、神韵说、妙悟说、滋味说、意象说等，直接从抽象到具体解决问题。在《谈艺·卷下》中讲色彩作为工笔花鸟画成功的关键因素，就明明白白要求实现和谐、响亮、清俊、厚重、灵逸、纯真这六个方面的统一。怎样和谐响亮？先生倾囊相授。怎样清俊厚重？先生法宝尽出。怎样灵逸纯真？先生石破天惊。而先生关于工笔花鸟画技法的教学，从临摹、写生到创作，完全超越了古代文论画论的模糊性（诗性）和随意性，工具、实证、规律、逻辑等现代性手段全面体现出来。

第四，先生的乡愁散文有君子之风和古典之韵。在《里韵钩沉》的序言中，他写道："我的家乡水车镇，偏处湖南省新化县西部，一个甲子以前，没有公路汽车，由县城一路走来，洋溪、厚溪、金溪，丘陵起伏，村落相连，一条人行小道，蜿蜒山谷溪涧间，勾连着沿途各个人口聚居处。再由水车往西，则锡溪、双林、奉家、上塘，行人亦越趋稀少，延绵二百多里,至20世纪50年代前期,都属政治、经济、文化、生活等方面较为闭塞的地区,政府的行为,至此也成强弩之末,似有还无……"短短二百多字,写景活灵活现,行文冲淡平和,风格直逼《桃花源记》的田园梦。从《宗祠祭》《风雨凉亭》《准呷不准兜》《故园回眸》一路写来,先生怀念的是故乡远去的良风美俗和好山好水。一如古典知识分子的信仰:"执古之道,以御今之有。能知古始,是谓道纪。"(老子)"郁郁乎文哉!吾从周。"(孔子)他们从来面对的都是一个礼崩乐坏的世界,人心不古,世风日下,缅怀圣王,渴望美政。忧患意识,是真正的中国知识分子的基因,先生正是带着这一基因表达潜在的忧郁、不安与期待。乡愁散文的最后一篇《乡思远去》的最后一段:"紫鹊界梯田固佳,但由水车一路行去,如果能有六十年前旧貌,岂不更佳。反之,仅有一处梯田,又何足观览,何足留人?假使暂且缓修路,慢建楼,匀出精力,疏浚河道,再插垂柳,重修道士坝,增蓄植被,控制生活垃圾,一一复其旧貌,进而使其更佳,相信水车古镇,必成一县掌上之珠,岂仅一梯田而已。"那深深的惋惜,那精准的献策,那殷殷的期望,令人怆然涕下。

而《此情可堪成追忆》中的十来篇怀人散文,依然是乡愁主题。全球化的滚滚浪潮和乡村城市化的强力推进,已经

邹传安 稔秋

让包括湘中丘陵地区的乡土中国走在山坳上，随着青壮年洗脚进城，乡村的荒芜和空心已成不争的事实。晴耕雨读的文明哪儿去了？崇文尚武的精神哪儿去了？先生追忆的人物如落难者杨光玉先生的仁义相报，祖母唱儿歌的深情和真意，老倌子孙耀先的悲凉，老师林家湖的真功夫和真性情……看得到先生作为画家那种超强的形象记忆能力，瞬间永恒，几十年过去，他笔下的人物依然鲜活动人。可以说，先生所写所画的人物和乡土，深厚的是历史和文化，朴素的是生活和自然。所有的生命都联结着历史、自然和情感，载浮载沉，同频共振。

三

从三十一年前向先生索求画作作为杂志封面开始，到二十年间在深圳与先生从容相处，我与先生结下了深厚的情谊。鲁湘老师夫人病逝的那晚，我恰好在先生家聊天，噩耗传来，他当即叹息落泪；我带家乡的画家去向他求教，他总是给予鼓励，同时直截了当地指出不足。我去过先生家无数次，每一次都受到茶水、瓜子、水果的盛情款待；我陪着先生见过无数人，每一次都如沐春风、如临秋水、如拥暖阳。可以说，先生是一个高尚的人、一个纯粹的人、一个脱离低级趣味的人。

接到先生要我写序的短信，我惶惑不已。"仰之弥高，钻之弥坚，瞻之在前，忽焉在后"，这便是先生在我心目中的形象，岂敢在佛头上着粪！然而，三思之后，一个感人的画面一直浮现在我的眼前，那是杜甫的诗句所描绘的场景："农务村村急，春流岸岸深。乾坤万里眼，时序百年心。"先生的诗文画作，一双慧眼时时刻刻观察着自然世界的万物生长，一颗赤心日日夜夜关注着人类世界的繁荣昌盛。"乾坤万里眼，时序百年心"，这无疑是对先生伟大创作最妥帖的概括。

我曾说过，中国近现代史中湘中人的突围是一部惊天地、泣鬼神的大剧，邹传安是这些突围成功的人中最特殊的一位。其他人是用别处的光亮驱散了对故土的失望，以自己对故乡的超越精神超越了别处，而邹传安则在故乡长成了一座高山，一座令地灵人杰之乡也怅然仰止的高山。

我还曾说过，在红尘滚滚的深圳，读邹传安的画是我经常做的静夜功课。先生的作品激发了我们这些红尘中人的自我感动和自我珍惜，一念萌起，万物生辉，热爱是我们生命的火焰、御寒的衣裳，是我们反抗悲观和虚无的旗帜。

今天，我还是要说，美，总是令人伤心的。知止斋主邹

邹传安 生生不息

传安先生，以六十余年的文艺创作实践，完美演绎了"知止而后有定，定而后能静，静而后能安，安而后能虑，虑而后能得"的"大学之道"。先生自强不息的人生、厚德载物的学识、至真至纯的诗文、至善至美的艺术，必将与日月同辉，与天地共存！

邹传安的善意

——邹传安《工笔花鸟画技法》前言

邹传安先生乃当代中国艺术界公认的工笔花鸟画大师。杖朝之年的他，眼不昏，腿不软，腰不酸，齿不摇，一直殚精竭虑，耕耘不辍。在他六十余年的艺术创作生涯中，我有三十二年与他相知相交，无限荣幸！

2018年9月，打磨两年的《邹传安全集》（四卷本）在敝社出版，社会反响强烈，半年内即告售罄。同时，我看中他在20世纪90年代写就的《工笔花鸟画技法》，恳请先生赐稿，得到慨然应允。被汪曾祺先生称赞为"画追北宋，人在南唐"的邹传安先生，六十余年在他的知止斋里不知疲倦地写作和画画，文章锦绣，画品精湛。但我最看重他的技法传授，何出此言，容我简述。

邹传安 荔枝赋

1988年7月,我因工作需要开始接触邹传安先生的画作。在《致敬邹传安》一文中,我曾说过,在红尘滚滚的深圳,品读邹传安的画是我经常做的静夜功课。邹传安笔下那相濡以沫的麻雀、那欢欣鼓舞的鸲鸽、那月夜独辉的牡丹、那傲雪怒放的红梅,既是简单的东西,也是人类根性的东西。美到了极致,也美得令人屏息。三年前,我准备编辑出版邹传安

邹传安 喜上眉梢

的文集，四册大著认真读了两遍，写下《乾坤万里眼 时序百年心——〈邹传安全集·文字卷〉》序。他对传统文化的真切体认，对书画理论的真知灼见；他的乡愁散文饱含真情实感，他的时事评论直指真理追寻。真性情、真趣味、真知识，一个"真"字，是对邹传安先生著书立说的最好概括。

而先生的《工笔花鸟画技法》一书，则充满着高尚的善意。20世纪90年代，是市场经济开始迅猛发展的年头，也是邹传安进入创作成熟期的年头，他的每一幅画都可以在长沙买套房子，他却花了两年多时间精心整理在广州美术学院、湖南师范大学为学生授课的讲义。焚膏油以继晷，恒兀兀以穷年，真正做到韩愈《师说》所言："师者，所以传道受业解惑也。"他一直将自己定位为"天许终身一平民，雕虫铸鸟老瓷工"，自学成才的他，一直不忘"老瓷工"的出身。在《工笔花鸟画技法》一书中，真正做到了手到、眼到、心到：画花画鸟的步骤清晰，用笔用色的程序精准，这是手到；对工与写、繁与简、整与细、雅与俗、技与道等进行辨析，这是眼到；明明白白地要求实现和谐、响亮、清俊、厚重、灵逸、纯真这六个方面的统一，这是心到。从湖南到深圳，先生桃李遍天下，湖南已成为中国工笔花鸟画公认的重镇，深圳的心源画会人才荟萃，陈湘波、景丽莉等已走进中国工笔花鸟画的舞台中心。这一定与邹传安先生苦心孤诣地传道受业解惑、培养人才有关，与他这本再版超过二十次的《工笔花鸟画技法》有关。

　　王鲁湘先生在评价邹传安时说："中国人只要有花鸟画，人心就不会沉沦。那一点灵犀、一丝善根、一线天机，就会在花鸟画中被护持和滋养。"我深知，邹传安先生的画与文，或偏美或偏真，但都达到了真、善、美的和谐统一。而同为湘中人，只要回想起"教会徒弟，饿死师傅"的湘中民谚，我就从《工笔花鸟画技法》中看到了邹传安先生真诚的善意。熟读这本书，你就懂得了艺术，学会了手艺，认识了世界。

张小纲的水彩画

2014年初夏,我和关山月美术馆馆长陈湘波先生回长沙筹备"风仍在吹——王憨山90诞辰艺术回顾展"。我和湘波在王憨山的家属陪同下,花了整整一天时间在中国银行湖南分行的保险柜里选画,实在是眼花缭乱、美不胜收,终于优中选优、美中选美地拎出来67件大写意花鸟作品。第二天上午,湘波告诉我有个值得一看的好展览,问我是否愿意同去。我欣然应允。

我们打的士直奔河西力美术馆。出乎意料的是,力美术馆竟然人山人海,"荷问——张小纲作品展"的巨型海报占了一面大墙。湘波是工笔画名家,到处都是他的朋友,他告诉我,这是长沙首家大型民营非营利美术馆——力美术馆的开馆展,

张小纲 荷华

张小纲 荷融

请来的开馆画家就是出生在长沙荷花池畔的画家。我认认真真转了一圈，心中竟有如同电击般的震撼。这种感觉我在20世纪80年代末有过一次，那是在王憨山先生家里。毫无疑问，张小纲的水彩画美到了极致，给人茫茫荒漠中突兀长出一棵大树的感觉，也给人浩浩长空里猛然传来一声雁鸣的感觉。

我深感震惊。

"荷问"，展览的主标题就打动了我。张小纲的敏锐和自信完全构筑了一个巨大的气场。在湖南人的眼里，千年前的周敦颐和千年后的张小纲莲荷不分，看到的都是莲荷出淤泥而不染（干净自律），濯清涟而不妖（高风亮节），中通外直，不蔓不枝（勇于任事，刚毅有为），香远益清，亭亭净植，可远观而不可亵玩焉（正道直行，廉洁奉公）。周敦颐，字茂叔，号濂溪，北宋道州营道（今湖南道县）人。他不仅是宋代理学思想的开山鼻祖，而且毕生都在自觉躬身笃行儒家的价值理想和道德人格，以其卓越的君子风范为后人所景仰。在他的名篇《爱莲说》中，"中通外直，不蔓不枝"就是荷花的形象，展现荷花所象征的君子德行和理想境界，既成就了周敦颐的君子人格，也成就了张小纲的创作灵感。

"荷问"，问的是中华民族的历史，问的是中华大地的芬芳，问的是直道而行的君子，问的是万千芳华中绝美的意象。

张小纲的荷花和荷塘，无疑是水彩画最好的空间和载体，夏天的阳光是透明的，空气是透明的，天空是透明的，水是透明的，如水的清纯和含苞的鲜嫩天生对应着水彩画本体的水和彩，确立水彩画清新脱俗的气质。张小纲十来年站在时间的风里，专注观荷、画荷、咏荷，积攒了成百上千的荷花水彩画，《荷华》《荷馨》《荷滋》《荷趣》《荷韵》《荷蕴》《观风》《抹浪》《秋赋》《谐咏》《善境》《逸舞》《荷田》《明缘》……每一个标题都是一个系列，每一个系列都是荷的不同侧影，把荷的华丽、温馨、韵味、格调、风趣、蕴藉等，他都不遗余力地表现出来。

张小纲让不同时段的阳光在他的画面上跳舞，让不同湿度的空气弥漫在他的画面上呼吸，画面意境的营造，让他成为一个心灵的猎手。从长沙的荷花池到深圳的西丽湖公园，张小纲的水彩经受住了不同纬度和海拔的阳光照耀，也呼吸到了江南大地不同湿度的空气。同样的太阳，他能分辨出不同的光线；同样的天空，他嗅得到不同的空气。热爱是他生命的火、御寒的衣，读他的水彩荷花会如同沐浴不同的阳光，呼吸不同的空气，咀嚼不同的心境。同时，张小纲也是时间的捕手，子时月光下的清辉中，荷花安详地睡着；卯时晨风的摇曳中，荷花的露珠晶莹剔透；午时太阳的灼烤，阻止不了

张小纲 夏荷

红蜻蜓在荷塘上盘旋；酉时夕阳西下金色的光影，滑过荷花，滑过绿叶，滑过静水中的游鱼，金色荷塘边炊烟袅袅，深情款款。时间在张小纲的笔下，不再是抽象数字的刻度，它带给我们视觉上不同的亮度、皮肤上不同的温度，因此时间有了生命的表征，时间演变成亮度和温度交织的音符和诗句。

张小纲1982年毕业于湖南师范大学美术系，并留校任教，担任过中国画教研室主任、系主任。他为什么放弃国画创作转向西方的水彩画？我估计，水彩画的主要对象——风景，水彩画的基本要求——写生，都完全契合他原初灵魂的渴望。生命和灵魂其实都是无家的，从走出洞穴的那一刻起，人类注定了漂泊的命运。尽管世世代代的家居生活减弱了人的好奇心，并最终损害了人的生命力，但是，某一天因为某种偶然的机缘，人类这种被遗忘的情怀会在某一处突然苏醒，并且会完成一次灿烂的展开；虽然它注定要在时间长河中倏忽而灭，但它会给我们的生命留下深刻而永远的印痕。在我看来，张小纲就是这么一次神奇的觉醒，他想起了小时候在长沙荷花池边的日子，同时想起了千年之前周敦颐不朽的《爱莲说》，他要圆一次回归原始生命的梦想，渴望简单生活，渴望美丽风景，渴望君子比德。这种渴望在他的笔下变得非同寻常，让我们真切感受到了张小纲无限的欢欣。由此，我相信他正是造化选中的那个画荷人。

　　吴冠中先生认为，看风景就是看生命。李政道先生高度认同这一点，不仅欣然为吴冠中《生命的风景》作序，而且将自己的《物之道》与吴冠中的名作《生之欲》并展。张小纲面对生命中的风景，竟然顿悟出科学的物之道。在他的眼里，同是荷花，早晨与中午的光线不一样，晴天与雨天的空气不一样，夏季与秋季的形象不一样。说到底，在他的眼里，荷花不是无情物，它们是有精神的，是合乎物之道的。写生建立在凝神关注之上，张小纲心细如发；写神则建立在生命移情之上，张小纲须用自家性命移入对象，如庄周梦蝶，栩栩然蝶也，不知是庄周梦蝶还是蝶梦庄周。这种物我两忘、物我为一的精神状态，就是生命移情，非如此，则不能夺造物之神。我读过水彩画大师泰纳、塞尚的画作和传记，也读过吴冠中先生的油画和水彩画作品，我感到他们的作品是有灵魂的。可以肯定地说，张小纲的作品也是有灵魂的，那种生命意识的高扬，犹如热气蒸腾的金色荷塘；那种风景画面的写意，犹如莲叶何田田的丰美。他对中国水墨画境的感悟和对西洋水彩画法的深研，肯定备尝艰辛。但他一步一步地走，一天一天地坚持，把他对灵魂在远方、在旅途朦胧而清晰的感情，用浑厚华滋的画面呈现在我们面前，他准确的色调、优美的笔触和成熟的构图，尤其是生命意识的灌注，使异乡成了他的故乡。这个故乡不是什么人送给他的，而是一个城里孩子追求来的，然后，它成了他的世界，现在他就生活在这里：一切发生的事情都发生在这里，一切消逝的东西都消逝在这里。也有永不消逝的东西，于是他就画金色的荷塘，画月夜荷花静默的伟大，画晨间荷叶墨绿的高贵，画莲蓬饱满的充实……

荷花在中国文人画里是一个特殊的题材，四大名花中的牡丹，被公认为富贵的象征，而夏之荷、秋之菊和冬之梅，都被赋予高风亮节、西风不落、坚忍不拔、艰苦奋斗、淡泊名利、正道直行的品格，砥砺底层知识分子（寒士）冲破圈层，逆袭上位。在我的目力所及范围内，改革开放四十多年，张小纲画荷表达"可远观而不可亵玩焉"的高洁，无人可及；李老十画残荷战风霜的孤勇，令我悲从中来。1991年乡党王憨山斗胆在中央美院美术馆举办展览，据说李老十从早到晚连续三天在细心观展，连呼痛快。王憨山和李老十都是底层出身的寒士，未受春风一点恩，一生坎坷却不甘沉沦。李老十自许破荷堂主，画出了生命的苍茫和无奈，不是因为"秀色空绝世"的鲜嫩、"出淤泥而不染"的清高，或者"月晓风清欲坠时"的幽淡，而是因为一种发自心底的悲秋情怀，他的残荷

张小纲　荷媛

完全是他心灵境界的幻化。

"问荷",我想,没有哪一位水彩画家比张小纲更擅长了,水彩的通透带给他人生的通透,水彩的细腻带给他人生的细腻。上善若水,水的流动性生成淋漓酣畅、自然洒脱的意境,张小纲的作品,绝对是形神兼备、形肖神完的奇迹!我突然想起,德国哲学家康德一生远离闹市,终生在自己偏僻的故乡度过,最远的一次旅行就是去离家不到96公里的阿恩斯多小镇。他每天在同一时间,沿着一条偏僻的小道散步,静静地思考。因为守时之精准,邻居们竟用他散步的时间来对表。他散步的这条小路,被称为"康德小道"。

张小纲肯定也有一条"康德小道",围绕着一个金色的荷塘,静静地思考,静静地写生。正如康德所言,"有两样东西,人们越是经常持久地对之凝神思索,它们就越是使内心充满常新而日增的惊奇和敬畏:头上的星空和心中的道德律"。张小纲经常对荷花持久地凝神思索,他的内心就充满常新而日增的对荷花的惊奇与敬畏。最后,我只能借用浮士德博士的话,告诉张小纲先生:"真美啊,请停留一下!"

景丽莉的花鸟精神

一

1988年6月，我被分配到湖南省文联文艺理论研究室，参与《理论与创作》杂志的初创工作，省文联主席周健明兼任主编，做了两期杂志后，他对杂志的内容很满意，但对前两期的封面设计很不满意，责成我迅速改变封面风格。我初来乍到，一筹莫展，幸亏主席想了一夜，出了一招，要我赶快找陈白一、邹传安等一众工笔画家提供图片做封面，才解决了我的棘手问题。

健明主席凭自己的直觉改变了《理论与创作》的封面风格，竟然获得众口称赞，同时将湖湘几千年的文脉赓续下来。

众所周知，工笔属于工整细致一类的画法。自两宋以降，中国工笔画已经衰微了六七百年。湖南作为中国工笔画的发源地，也是当代工笔画大省，为工笔画在我国的复兴立下了头功。我有幸与工笔画大师陈白一先生比邻而居，对工笔画创作的艰难有了直观的了解。

陈白一老师从来没让我看到过那种一挥而就的潇洒，他用在一片叶子上的时间，往往超过许多写意画家创作一整幅画的时间。看到陈老师把画放在院子围墙边，左看右看，退后看靠近看，甚至用放大镜观察局部细节的认真模样，我就自然想起"吟安一个字，捻断数茎须"的苦吟诗人贾岛。

如今想来，陈白一和邹传安两位大师工笔苦吟的那段时间，恰好就是湖南工笔画在全国引起极大关注的第一阶段。由于当时的兴趣所致，我对发生在自己身边的艺术革命毫无知觉，这令我非常遗憾。唯一的收获，是我切身感受到了工笔画家一定要坐得住冷板凳，一定要有"扎硬寨，打呆仗"那种坚忍不拔的精神。我想，湖南工笔画在当代中国美术界的地位，一定与湖南人的性格有关。

二

　　这本画册的作者景丽莉，祖籍辽宁，生于湖南省株洲市。1981年，她考入长沙理工大学设计学院（原湖南省轻工业高等专科学校工艺绘画专业）。大学二年级时，她的工笔花鸟画作业《小花》入选"湖南——北京中国工笔画联展"。次年，她参加湖南省美术家协会在南岳衡山举办的重点作品创作班，再次脱颖而出，荣获湖南省文艺创作二等奖，她的画也成为《湘江文学》的封面作品。在评奖过程中，有一段佳话：陈白一先生特意走近邹传安先生，指着《小花》说："我要投此一票。"不想邹传安先生笑嘻嘻地回应："我的票早已投出。"两位大师的默契投票，成就了景丽莉一生的志业。而邹传安先生的悉心指导，也开启了他和景丽莉长达四十年的师生情谊。

　　大学毕业后，景丽莉回到株洲苎麻纺织印染厂图案设计室工作，大量的白描写生为她以后的工笔花鸟画创作提供了丰富的素材。同时，她每年两三次前往邹传安先生家学习技法，筑牢了工笔画的基本功。1988年，景丽莉陪着丈夫义无反顾地奔向改革开放的前沿——深圳经济特区。也就在这一年，我认识了邹传安先生。1992年，我来到深圳。邹传安先生退休后，于1999年迁居深圳。

景丽莉 秋明白鹭栖深湾

湖湘故土总是让我们这些游子感慨良多。在当代中国改革开放四十多年的政治和经济版图中，湖南的影响力相比于过去或许有所减弱。回想起古代"楚虽三户，亡秦必楚"的那种舍我其谁的豪迈气概，以及近代"若道中华国果亡，除非湖南人尽死"的那种令世人瞩目的地位，许多湖南人都难免感到失落。但湖南从未让人完全失去希望。在政治、经济影响力淡化之后，湖南的工笔画、文学湘军、歌唱艺术，以及湖南的电视制作、智能制造、文教卫生和文旅开发等，依然能让人依稀看到令陈独秀先生赞叹不已的湖南精神。邹传安先生迁居深圳是湘粤艺术界的一件大事。两年后，他牵头组成了一个艺术群体——心源画会。陈湘波、景丽莉、李渔、李安琪、贺勤等一众湘籍工笔画家，追心溯源，如切如磋，如琢如磨，开始在深圳赓续湖湘工笔画的文脉。

三

景丽莉的工笔花鸟画，初看时似乎只觉其稳妥、严谨、无懈可击，细加欣赏方愈显光彩夺目、韵致悠远，完全可以称为不尚卖弄的大家风范。在她的工笔画作品中，如同在她的素描、速写、国画人物和书法作品中一样，流露出的是她为人的温柔与美丽，是她感情的朴素与真挚，是她对待人生和艺术的投入与虔诚。以景丽莉1983年第一次获奖的《小花》为例，可谓一鸣惊人。她真实地表达和描摹了自然无往而不美的胜景，也真实地以自己的精神表现了自然的精神，使艺术的创作反映自然的创作。那种情感的温和、那种艺术的韵致，真的有高贵的单纯和静穆的伟大。

毫无疑问，格物是工笔画创作的前提。格物首先需要恭敬和静心，才可能穷究事物的道理。在景丽莉纤毫毕现的绘画中，我们感受到她的静气：《晓霞染金湖》中天鹅的闲适和《秋塘漫步》中野鸭的懒散，《云淡风轻》中两只蝴蝶的低飞，《春风》中八只翠鸟和一只麻雀排排坐的悠闲……画家以静观动，以静制动，无论是风动，还是叶动，画家心自不动，表达的正是老子在《道德经》中所述的"万物并作，吾以观其复"的理念，是于极静之根观一阳初复的太和之象。司空图所言"饮之太和，独鹤与飞"，想象的大概就是"大音希声"的寂照之景，这应该是景丽莉当年所要追求的境界。工笔画题材中的花花草草和虫鱼鸟兽，她几乎画了个遍。而且，按照邹传安老师的要求坚决落实"形肖、神完、格高、意远"的八字方针。同是花，牡丹有牡丹的神，芙蓉有芙蓉的神，荷花有荷花的神，菊花有菊花的神；同是鸟，天鹅有天鹅的神，翠鸟有翠鸟的神，鸳鸯有鸳鸯的神，野鸭有野鸭的神。甚至顽石，潭中卵石与案上湖石其神不一；同是莲花，夏日与秋日其神两样，清晨与黄昏其貌有别。形肖建立在凝神关注之上，画家须心细如发；而神完则建立在生命移情之上，画家须用生命灌注对象，如庄周梦蝶，栩栩然蝶也，不知是庄周梦蝶还是蝶梦庄周。这种"物我两忘、物我为一"的精神状态，就是生命移情。非如此，则不能夺造物之神。在邹传安老师的熏陶下，景丽莉视工笔花鸟画为生命。她不仅深入自然、感受自然、让作品融入自然，还将花鸟的自然之美、社会的伦理之美、艺术的笔墨之美融为一体，使其相互辉映。

在我国的传统文化中，莲花一直被比作君子。战国末期伟大的爱国诗人屈原在《楚辞》中借莲花抒发他的远大理想和"举世皆浊我独清"的芳洁之志，"制芰荷以为衣兮，集芙蓉以为裳""采薜荔兮水中，搴芙蓉兮木末"，开创了莲花人格意象的先河。而宋代理学宗师周敦颐则在其旷世名篇《爱莲说》中，以理观莲，将君子的特质赋形于莲花，使莲花超越了其他"水陆草木之花"，成为"出淤泥而不染，濯清涟而不妖"的君子之花。自此，"君子莲"就成为士大夫完美德行的象征。

在湖南人的眼里，两千年前的屈原、一千年前的周敦颐和现在的景丽莉一直莲荷不分，看到的都是莲荷君子之道有四：出淤泥而不染，一也；濯清涟而不妖，二也；中通外直，不蔓不枝，三也；香远益清，亭亭净植，可远观而不可亵玩焉，四也。莲花在中国画里是一个特殊的题材，中国四大名花中的牡丹，被公认为富贵的象征，而夏之荷、秋之菊和冬之梅，都被赋予高风亮节、坚忍不拔、艰苦奋斗、淡泊名利、正道直行的品格，砥砺底层知识分子冲破圈层，逆袭上位。上述的各种花，景丽莉都画过，而且都是高水平的创作，但画家却淡化了君子比德的倾向，完全恢复了各种花的自然性。自然无往而不美，因为自然处处奔涌着生生不息的活力；艺术无往而不美，因为艺术家能够以自己的精神表现自然的精神，使艺术的创作反映自然的创作。无数牡丹画家之所以离不开绿叶红花的"之"字形构图，摆脱不了娇艳富贵的低俗摹写，关键在于他们对牡丹的生命活力没有深入了解，更没有将人类的创造精神灌注到牡丹的生命状态之中。景丽莉的牡丹，是阳光下欣欣向荣的娇艳，是风霜间不畏严寒的清香，是月夜里风姿绰约的曼舞，是雨露中感恩戴德的绽放。把牡丹定格为富贵，是破坏牡丹生命的完整。在这个意义上，景丽莉还原了牡丹的魂，就是还原了牡丹完整的生命，就是展现了自己生命的全部内涵。

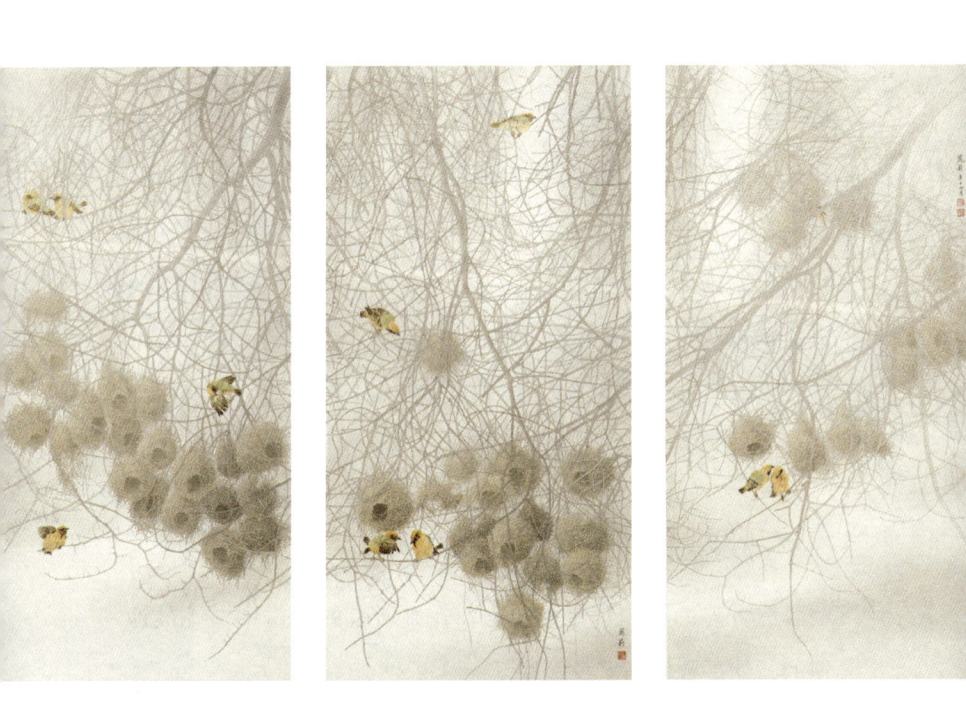

景丽莉 鸟鸣涧

景丽莉画荷的作品不仅丰富，而且多有结构。她有一个金色的池塘，承载着"风和日丽"的荷花、"听风"的荷花、"蜻蜓秀舞"的荷花、"碧荷醉夏"的荷花、"寂寞芳魂秋风里"的荷花、"秋塘漫步"的荷花……这纯然是生命的表白，荷在特定时刻所呈现的特定状态经画家定格，即成为人化的自然和灵魂的折射。景丽莉深入自然之中，就发现某一自然景物，某一花草虫鱼，都有自己独特的生命，其纵向的发芽、长叶、开花、凋谢的生命轨迹，和横向的对风霜雨雪、日月山河的承载和感受，是变化无穷、意味无尽的。

四

景丽莉是女儿，是妻子，是儿媳，是母亲，也是打工人。

但首先，景丽莉是她自己。在她所有的身份中，她最钟情的，就是她的画家身份。

从 20 世纪 80 年代初开始，她对风景的迷恋、对写生的执着，都完全契合她原初灵魂的渴望。上大学时的每一个寒假和暑假，她一趟又一趟坐公共汽车到两百公里外的新化，去邹传安老师家苦练基本功；参加工作之后的每一年，她定期将自己幼稚的作品寄给邹老师批改，春节期间还专程去新化接受恩师的耳提面命。迁居深圳十来年间,景丽莉每一年都会挤出时间去看望恩师,依然是求知若渴的模样,但她的创作已然破茧成蝶。可以肯定地说,新千年前后的这个阶段,景丽莉的作品开始清新脱俗,充满灵魂的回响。那种生命意识的高扬,犹如热气蒸腾的金色荷塘;那种风景画面的写意,犹如"莲叶何田田"的丰美。

景丽莉是母亲,但她的女儿已经大了;景丽莉是女儿,她的父母已经颐养天年;景丽莉是妻子,她的丈夫已经拼搏出一片天地。而景丽莉呢,她终于作为一个画家自由地生活在这个世界上。她成为画家,不是为了生活,而是为了自由。她也并没有将自己活成一个传奇的雄心,而是活成一个自由自在、精彩绝伦的自己。她就是不想重复生命,在她看来,重复就等于浪费。她要做一个不断创造自己的人,一个行走于世界的人。

于是,自由,金子般的自由,让画家景丽莉成为精神和行动的巨人,就像九曲回环的黄河水需要流经陡峭的悬崖,形成壮观的瀑布一样,景丽莉的创作终于有了崭新的生命和崭新的面貌,《新生系列》《鸟鸣涧系列》《春天里系列》和《冬日系列》等作品如此精彩,足以给当代工笔画艺术带来巨大震动。

景丽莉 新生系列一

　　以"新生"为主题，覆盖其他三个系列的创作，让景丽莉的生命丰盈起来，豁然开朗起来，真正达到"山重水复疑无路，柳暗花明又一村"的境界。白鹤妈妈喂养白鹤宝宝的母爱，是天地间最温馨的图景；冬日光秃秃的树枝所托起的鸟巢，春天里鸟鸣涧葱郁的灌木丛、密密麻麻的鸟窝和树枝上三五成群毛茸茸的翠鸟，站在太湖石上的雏鹰，狗尾巴草上的红蜻蜓……都是"野火烧不尽，春风吹又生"的崭新生命，像秋叶托不住的金苹果呱呱坠地。花开是无声的，无论是绽放还是凋谢。但景丽莉的画是有声的，不是因为枝上有鸟啼，花间有虫鸣，而是画面的情绪。这情绪热烈而欢喜，画家先在心里有了感动和母爱，仿佛有一只手在心底拨动了琴弦，旋律如水从心泉汩汩流泻而出。于是，她的画笔就像弓弦，按着那旋律的高低起伏和节奏的快慢疾徐，欢快愉悦地在画纸上弹奏开来。于是，我们就仿佛听到有南风从鸟鸣涧穿过，春夏秋冬，寒来暑往，生生不息，那些浓妆淡抹的花和鸟，随花而舞，无数的浅吟低唱，汇合成宇宙间的天籁和声。

中华民族本来是一个与自然的关系相对亲和的民族。从上古的《击壤歌》《南风歌》，到《诗经》、《楚辞》、唐诗、宋词，不管人的劳动如何异化，但自然意识一直是中国文化传统的基础。矫首云天，俯览川原，时而星垂野阔；月涌江流，时而鱼出燕斜，鬼啸猿啼。中国文人画家既可"穿花寻路，直入白云深处"，把人间托给自然，也可"两山排闼送青来"，把自然邀向人间。这显示出一种与自然极为和谐的关系。画家景丽莉屹立在时间的风中，以内心的温柔，直面农业社会向工业社会的过渡。高楼大厦代替高山大河，大街小巷代替阡陌小路，电灯泡代替萤火虫，客观自然在中华文化中逐渐淡出。几千年历史积淀的自给自足的自然经济，在几十年间被大工业经济冲击得支离破碎，带来了极为严重的文化心理失范。想一想，画家景丽莉要有多么强大的内心，才能在深圳这个完完全全"新生"的城市，创造出如此伟大的《新生系列》。这是一个优秀的画家与一个伟大的城市的同频共振！

只有"具有本质的、全部丰富性的人"，才能做到这样。

只有"具有深刻感受力的、丰富的、全面的人"，才能做到这样。

潘喜良的人物画

潘喜良先生是我喜欢的画家。认识他已经十多年了,前面五年我们都是市人大代表,每年都有十来天的时间一起开会和视察。我俩都是嗜烟的人,开会间隙总是心照不宣地找地方抽烟闲聊。深圳大学的李瑞生和李中原教授都是我来深圳就认识的朋友,谈起他们的工作,潘先生就竖起大拇指,一点儿没有文人相轻的坏习气。五年过去,我们已成为莫逆之交。之后的六七年,我们每年都有聚会,在他的画室里看他作画是一种享受,在好多收藏家向我征求意见时,我都给予非常正面的评价。

众所周知,中国人物画是中国画中的第一大画科,不仅是因为它比山水、花鸟出现得早,更重要的是要以形写神、气

潘喜良　雨林之舟

韵生动。潘喜良20世纪70年代初就开始爱上画画，凭着一手线描顺利过关考上吉林艺术专科学校，毕业那年就出版了第一本连环画《夺盐记》。"文革"后该艺校升格为本科院校，正式改称吉林艺术学院，他又考回母校学习，并在大四时被选送到中央美术学院深造，师从线描大师贺友直先生，专攻年画和连环画。线描是中国画的主要造型手段，通过运用线的轻重、浓淡、粗细、虚实、长短等笔法，表现物象的体积、形态、动感。年纪轻轻的潘喜良幸运遇见贺友直先生，一定是一种造化，也是热爱创造的奇迹。然后，潘喜良就画啊画，画得兴高采烈，画得手不释卷，画到晨鸡打鸣，画到月明星稀。中国人物画中的肖像画、仕女画、风俗画、历史故事画，甚至道释画，他全部打通，画了个遍。热爱是他生命的火、御寒的衣，是他抵御悲观和虚无的旗帜。

他有不一样的深情

潘喜良的绝大多数作品都以劳动人民为表现对象。他通过撷取人类劳动生活中最典型的场景，如《出猎图》《赶集》《回娘家》《秋收季节》《捡枣》《牧羊曲》《黄河纤夫》《重庆挑夫》《山城棒棒军团系列》等，集中地体现劳动过程中的优美和充实，细致入微地刻画劳动人民与自然、劳动同频共振的生命律动。流畅精准的线条，浓墨淡彩的用色，清新而沉稳的画面效果，每一幅作品的主人公都有切合生活场景的极为生动传神的表情。如《赶集》中塔吉克族小伙子的欢快飞扬和老一辈的凝重期待相映成趣，《回娘家》的欢快、轻盈，《吃面》的惬意、满足，《山城棒棒军团系列》挑起一个家、担起一座城的坚韧和乐观。值得注意的是，由于对中国传统文化和劳动大众感情的深切体味，潘喜良笔下的主人公无论是欢乐还是痛苦，悲伤还是惆怅，无一例外地具有乐而不淫、哀而不伤的静美，绝无脱离生活的那种夸张的欢快或做作的悲伤。这种节制，这种对中国传统文化的把握，使潘喜良的人物形象具备了莱辛所言的"高贵的单纯和静穆的伟大"。

我一直认为，一位艺术家对创作题材的选择，在很大程度上决定了这位艺术家的创作态度，甚至最终决定这位艺术家的创作成就。潘喜良对劳动大众的深切关注，与他祖祖辈辈作为劳苦大众的身份立场有关，也与他悲天悯人、尊重劳动者的健康心态有关。千万不要小看这一点，在回避甚至背叛自己的底层身份已成时髦的今天，无数的人一头钻进内卷的文化和假山假水的自然，潘喜良却在长城内外、大江南北、五湖四海疯狂地写生，《中华生育文化演绎图》大型壁画的艰

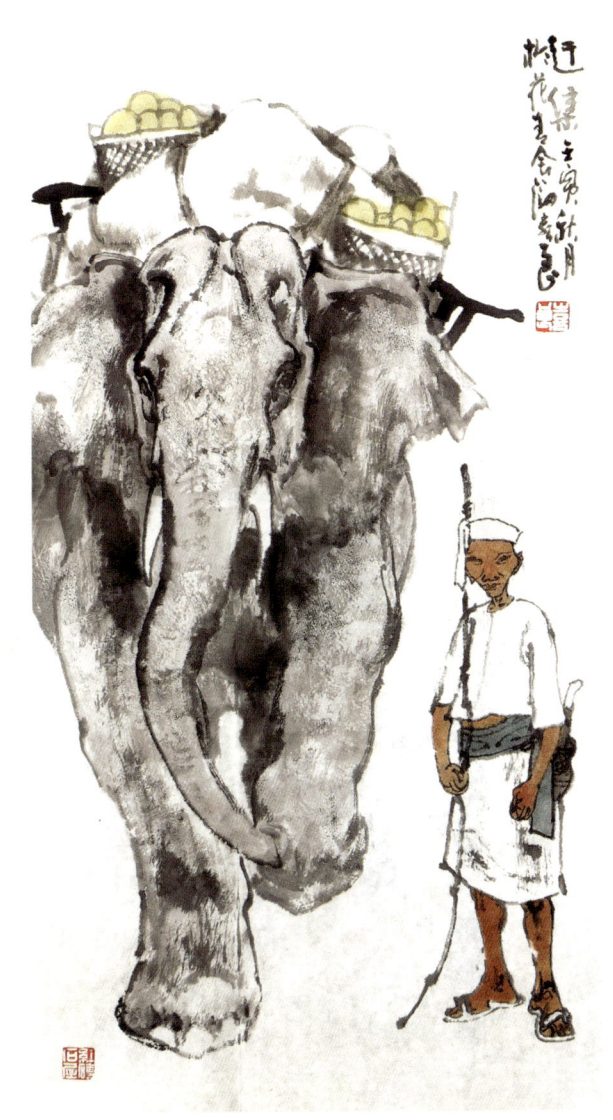

潘喜良 赶集

潘喜良　晚归

难阐释,《老东门墟市图》《万里茶路》两座大型铸铜浮雕的筚路蓝缕,是一年两年的绞尽脑汁,是春夏秋冬的汗流浃背。他一直跟我说,他是劳动者,他是一个干苦活儿的农民。

在潘喜良的画作中,一个特别值得关注的现象,是他对故乡的盈盈深情。他自述:"童年八岁,便被六外公抱于马背之上,初试青鬃烈马,绕行荒原土道。遥遥山路,未敢离鞍。紧握绳纲,双足扣腹。骄阳下,尘土拂蹄,于颠簸之中汗如雨下。"生于辽北西丰的潘喜良,故乡为清王朝发祥之地,骑马民族的遗风竟在八岁少年心上刻上深重的痕迹,嗒嗒蹄声,声声入耳,久扣心环。"十余年间,从东北平原到陕西黄土高原,又从西部藏区高原至新疆帕米尔高原,见马必喜,喜则画之。"他一千多幅画马的作品,画尽"马作的卢飞快,弓如霹雳弦惊"的战马,"金戈铁马,气吞万里如虎"的群马,"银鞍照白马,飒沓如流星"的飞马,"马穿山径菊初黄,信马悠悠野兴长"的闲马……张承志以一个作家的身份对鲁迅先生的创作进行评价,他认为"更重要的是《故乡》,闰土这个形象至关重要……让闰土成为自己心底充盈的深情,这种能力对一个大作家来说价值连城"(《荒芜英雄路·致先生书》)。我非常理解张承志对鲁迅的这种认同。同样,辽北西丰作为一个创作情结和母题在潘喜良笔下持续不断的体现,显示出他作为一位艺术家对童年记忆的积淀和提升的重要能力。他的《出猎图》和《归猎图》，不是一动一静，而是一静一动，反映了画家极强的造型塑造能力和场面记忆能力，出猎如果声势浩大怎能围捕猎物呢？同样，白雪皑皑的山、白雪皑皑的地、朦朦胧胧的黑马群影影绰绰映在雪地上，极大地增强了画面的张力，无疑又反映了他良好的色彩渲染能力。

他有不一样的笔墨

我在2019年零零碎碎看过潘喜良的《马格里布系列》作品，当时大为震惊。2018年，他短暂出访非洲马格里布地区，或许是冲着撒哈拉的神秘而去，或许是冲着卡扎菲和三毛的故事而去，但"空客"降落卡萨布兰卡后，他的心思就完全转变了。他写道："眼前的椰枣树、棕黄色的出租车、广场上穿长衫的阿拉伯人群在我的瞳孔中跳动，摩洛哥人那土红色的皮肤和那些高低不平的土红色建筑在夕阳的照耀下混为一体，我仿佛瞬间被融进了这红土般的世界之中。"看似寻常的叙述，实则已下定决心。他已感觉到土红色的马格里布描绘的难度，短暂出访的时间绝不可能铺陈敷衍，他只有拿出平生的绝学——线描，来完成自己的创作。

"我希望用中国的笔墨方式来刻画心中的感受，用夸张的手法强调人物造型。用暖色调统一组画的色彩基调，并在每幅画中强调土红色，强调面部及皮肤的色彩厚度，增强这组画的主色调的色彩语言表现力。"（潘喜良语）不到十天的时间，他全身心投入描摹撒哈拉地区柏柏尔人的生活和劳作方式中去，于是，真正的奇迹诞生了。那个古巴比伦文明的发源地，那个战争频仍、殖民活动频发的地区，普通老百姓的精神面貌被潘喜良捕捉得淋漓尽致！男男女女，老老少少，老人的沧桑和庄重，小孩儿的机灵与警觉，女人的内敛与敏感，构成了一个绝对丰富和独特的人物画廊，完全对应了丹纳《艺术哲学》中种族、环境、时代三要素理论。丹纳说："艺术的目的是表现事物的主要特征，表现事物的某个突出而显著的属性，某个重要观点，某种主要状态。"与之不谋而合，潘喜良凭直觉抓住了马格里布柏柏尔人的主要特征和主要状态。

真正是一线收尽鸿蒙！潘喜良以最直观、最浅显、最明白的线条，画出了柏柏尔人的自然之美和人性之美。从原始人类掌握这根线起，人类文明就开始了；一个儿童抓起笔画出一根线，他的"天眼"就算开了。无论从人类的角度还是个体的角度，只要掌握了这根线，第二自然就开始创造了，这就是"线造自然"；而"线性流动"带来生命感应，让人觉得物理的线也有了生命。潘喜良超越前两者，进入"线的倾吐"阶段，线成了语言，而不只是符号。线描对象的喜怒哀乐和筋肉骨骼栩栩如生，潘喜良作为线描者也能将主观意图和心理活动表达出来。那些像山一样沉默的老人，那些丰腴婀娜的女人体，那些土红色的建筑物，那些涟漪般舒展的裙子，无不在高古游丝的"线性倾吐"中展现无限的魅力。

我在欣赏《帕米尔高原系列》《山城棒棒军团系列》《戏曲人物小品系列》的过程中，一直为潘喜良的笔下人物立得起、看得清、共得情的状态深感惊讶。三十多年的阅画经历，无数的画家在桌上看似画得行云流水、力透纸背，到墙上挂起就稀松平常、一塌糊涂。潘喜良笔下的人物之所以脱颖而出，完全得益于他对形式感的追求。他对画面的四边无比珍惜，坚决地守护边角，精心地营造边角，他的绘画作品的题款一定是紧贴边缘的，不留丝毫空隙。

营造边角，使画面张力向四边扩张延伸，这本身就是一种平面化的追求。有意弱化甚至放弃三维深度，对平面张力和视觉冲击力的强化和追求，正是克罗齐所说的"近世艺术潮流"。在《帕米尔高原系列》《山城棒棒军团系列》《戏曲人物小品系列》等许多作品中，潘喜良都有对平面张力和形式感的敏锐感受与自觉追求。我看《帕米尔高原系列》的《赶集》

潘喜良 节日之行

《塔吉克的女人们》等作品完全成熟,《山城棒棒军团系列》的《重庆挑夫》《山城棒棒军团》自洽自足,《戏曲人物小品系列》的生旦净末丑全是顶天立地,甚至《马格里布系列》的肖像和女人体均横到边纵到底,这种长驱直入、大刀阔斧、势猛力强所带来的充沛气势,通过素描的透视和水墨的笔韵,达成了潘喜良作品以形写神、形神兼备的良好状态。

他有不一样的视野

潘喜良出生在辽北的西丰,那里白山黑水,是纯净透明的大地;万亩粮田,见证了从绿油油到金灿灿的季节更迭。他往黄土高原上走,他往帕米尔高原上走,他往世界屋脊青藏高原上走,弯着腰,抬着头,一步一个脚印地前行。不同的民俗风情拓宽了他的文化视野。二十四年间,他栖身于鹏城,日夜倾听着潮卷南海的惊涛骇浪。他用笔描绘这块沸腾的《热土》,致敬万丈高楼平地起的《深圳速度》,展现步履不停的《春潮》。流动的文化气质铸造了他的开放胸怀。真可谓是"踏遍高原人未老,走尽五洲不言累"。

我的家乡也是红土地,在故乡生活十六年的前辈罗尔纯先生,一辈子都记住了故乡的颜色,他说:"那是土地的红,

潘喜良　尘缘幽谷

特别是下过雨，地会特别红。"他的油画《红土》《九月》《奶奶和孙子》《山间小道》《土坡》《一棵树》等几十幅作品，时时唤醒我的乡愁。潘喜良的《马格里布系列》作品，虽然是线描的人物画，与罗尔纯先生的风景画截然不同，但那一抹涂在人物脸上、建筑物墙上的土红色，都会引起我的共情共鸣。在创作《马格里布系列》时，潘喜良一眼就找到了土红色作为主色调，那是一种视野，而我看到的马格里布丘陵地区与湘中丘陵地区色彩的同一性，却狠狠地拓宽了我的视野。

长年累月的行走，焚膏继晷的创作，多元的文化视野，开放的主体精神，让潘喜良拥有了不一样的气魄。潘喜良的画很有文气，这是白山黑水蕴养的干净透明，也是万里粮田的丰美壮硕，更是马背民族的旷达野逸；潘喜良的画很有才气，从他的《赶集》《塔吉克的女人们》的人物造型看得出来，相由心生，千人千面；潘喜良的画很有野气，《戏曲人物小品系列》《马格里布系列》中的人物一动一静，动的是戏曲人物唱念做打、腾挪闪转，都从世俗生活攫取，静的是马格里布人物的沧桑眼神、坚毅面相、丰腴女体、风骚姿态。

文气、才气和野气构成了潘喜良丰满壮硕的底蕴，他行过万里路，读过万卷书，因此他拥有不一样的视野和不一般的气魄。就这样，他成为一流的画家，成为我很喜欢的画家。

岳峰的篆刻艺术

《心经》，全称《般若波罗蜜多心经》，是大乘佛教般若思想的经典之作。全文仅二百六十字，却蕴含深邃奥义。弘一大师李叔同曾评说："《心经》虽仅二百余字，但摄全部佛法。"《心经》有大智慧，告诉众生达成圆满；能破执着，照见五蕴皆空；能达彼岸，一念成佛，凤凰涅槃；得大自在，心无挂碍度一切苦厄。

岳峰大兄篆刻《心经》，窃以为有两个因缘：一为三年新冠疫情未止，峰兄慧根清净、佛性俨然，他发愿传播般若智慧和缘起性空的道理；二为峰兄作为多年"繁华都市开心地——欢乐谷"的掌门人，一直坚持生命的本真，以大自在对抗城市的喧嚣，以大智慧构筑开心的欢乐谷。智慧和欢乐，是峰兄佛性的呈现和表达，他清楚地意识到疫情终将过去，但疫情的发生、发展和结果却充满无数的悖论，其中佛性的智慧必被人性的险恶替代。作为一个优秀的篆刻家和书法家，岳峰传承家学渊源，自幼诵读经典，习印自秦汉入手，二十多年沉浸于古玺、瓦当、铜镜、简牍、唐宋官印等老物件，以期开阔眼界、广采博撷，得其文字高古，气韵生动。岳峰的篆刻创作中，技法的锤炼与情感的表达始终融为一体，技法通过字法（通究古篆、临池善用）、章法（领悟于心、融会贯通）、刀法（守正笃实、久久为功）的运用得以在作品中展现。完全可以说，高贵的篆书塑造了中华民族的高度。大篆包括甲骨文、金文、籀文、石鼓文等。小篆是秦国宰相李斯的书法精品，也是秦始皇实施书同文采用的字体，因其笔画灵动，字体端正，而达篆书之巅。篆刻是一种古老的艺术形式，因印章多采用篆书入印而得名，是书法和镌刻结合制作印章的艺术。秦始皇统一中国后，规定皇帝用玺，一般人的印章称印。汉代皇帝、皇后、诸王等所用印章称玺，官印、私印又出现章、印章和印信等名称。唐代称宝。宋元以来官印和私印又有记、朱记、关防、押、图章、戳子等名称。篆刻艺术起源于中国，五千年中华文化从未间断篆刻艺术的传承，最主要的因素是，物料的坚硬永固——镌刻的是刀，承受的是石；思想者作为

岳峰 般若波罗蜜多心经

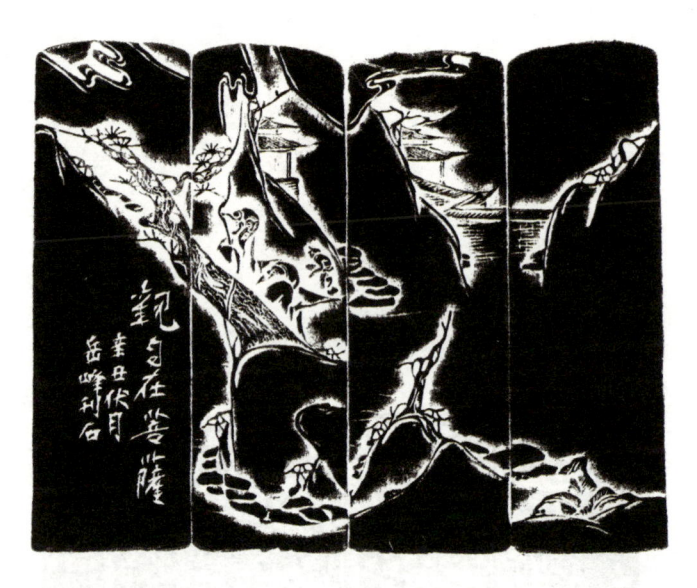

岳峰 观自在菩萨

高贵的主人运筹帷幄，正如庖丁解牛，"手之所触，肩之所倚，足之所履，膝之所踦，砉然向然，奏刀騞然，莫不中音"。那种郑重其事的冥想，那种敬事爱人的诚恳，那种灵感迸发的炸裂，那种水到渠成的释然，无一不是审美的仪式，无一不是生命的灿烂。

毫无疑问，岳峰篆刻《般若波罗蜜多心经》是他生命历程中的一个里程碑，也是中国篆刻艺术历程中一个极具深意、特别优秀的代表作。面对新冠疫情这一灾难事件，正如唐代大诗人白居易所言"文章合为时而著，歌诗合为事而作"，岳峰挺身而出，心怀激荡的历史使命，以知识分子的担当，舒缓民众的惊慌，稀释病人的痛苦，安抚紧张的情绪，坚定向上的信仰。电光石火之间，岳峰想起了《般若波罗蜜多心经》，那大智慧的、那破执着的、那达彼岸的、那大自在的"经"。少年时代的岳峰磕磕绊绊地读过《心经》，奋斗时代的岳峰在艰难困苦时读过《心经》，功成名就时代的岳峰也在闲暇时读过《心经》，岳峰只有在新冠疫情期间才真正读懂了《心经》，每读一遍都有发现，都有顿悟，都有正念。于是，"为时而著"，对于岳峰这个读书人而言，意味着自己对时代精神的关注，对现实社会的一种关切。然后，"为事而作"，岳峰满怀改造社会的热忱，坚定地担负着促进社会进步的责任。

《般若波罗蜜多心经》的篆刻，岳峰花了不少心血，开卷第一页，尽锐出击，上方的红色印章篆刻"心经"的全名，每一字都天真烂漫，每一刀都犀利稳健，明明白白地展现他的心境和刀法，那鲜红的印章就像一面旗帜飘扬在天空中；下方黑色的边款由四块印章构成《心经》的全文，稳重端庄、清丽典雅，那墨拓出来的底色真有"泰山崩于前而色不变，黄河决于顶而面不惊"的意思。然后，排版前后一致，上方是开头第一句"观自在菩萨"的红色印章，下方是黑色的边款，依次铺开《心经》的每一句。岳峰精心篆刻的这套《心经》共53方，精选寿山、青田、巴林印石，53方篆刻印文一朱一白，朱白相间，且印石全部为薄意雕、博古雕，边款四面拓，力求印石合一、格调高古。

　　我非常确认的是，岳峰的善意和佛性。他为什么要一句一句地篆刻《心经》？当然是《心经》的每一句都是经典，但岳峰在疫情期间的开悟，明显地指向对佛教文化的普及，正如小学生启蒙一样，一句一句地诵读，一刀一刀地镌刻，水到渠成地种下了善良和佛性的种子。

　　我也非常确认，岳峰的篆刻为什么令人心动。最直接的原因是形式感。营造边角，使印面张力向四边扩展膨胀，这本身就是一种平面化的追求，有意弱化甚至放弃三维深度。

岳峰 远离颠倒梦想

岳峰　究竟涅槃

对深度的弱化和放弃，对平面张力和视觉冲击力的强化与追求，应当说同他的篆刻艺术分不开。他在这个方寸空间之内已经把平面艺术在形式感上的所有方面都探索过成百上千遍了，他的每一方印如果放大几十倍，本身就是绝妙的抽象绘画。汉字本身的形象性与抽象性，就非常符合"似与不似之间"的艺术原则，他在点画的长短、平直、纵横及分朱布白中予以精心布置、巧妙安排，加上行刀的长驱直入、大刀阔斧、势猛力劲所带来的充沛气势，让他的篆刻具有强烈的现代意识。

我想起1936年的4月，乡党齐白石从遥远的北京来到成都，住在文庙后街王氏（王瓒绪）私邸"治园"中，与成都文人骚客往来密切。陈子庄因与王氏的关系，得以观齐白石作画刻印并当面请益。齐白石富于创造性的艺术表现能力给陈子庄以巨大的震撼，他一生将要经历的艺术道路的大致方向，就在这并不很长的与齐白石的接触中已经决定了。陈子庄晚年曾讲起他初见齐白石刻印时大吃一惊的情形。他说，只见齐白石一手执刀一手握石，先痛快利落地将印面所有横画刻完，再转侧印石，用刀方向不变，将所有竖画刻完，然后在笔画转折处略加修整，只闻耳畔刀声耇耇，顷刻之间印已刻成。陈子庄吃惊之余失声说："这办法好。"齐白石答："方法要简单,效果要最好。"直到晚年,陈子庄还常常说自己一生之艺术,受这两句话启发最大。我观察岳峰的治印手法,不敢说一式一样,但确实如出一辙,"方法要简单,效果要最好"的追求,是千遍万遍的磨炼。

《心经》是宝,岳峰在新冠疫情期间的发现和发愿,无疑是一个读书人的孤勇奋斗,只要学会《心经》的智慧、自在、破执和度劫,世界终究是要好的;岳峰的篆刻作品是宝,他赓续五千年中华民族优良的文化传统,在方寸空间中腾挪闪转,在相对小众的艺术中破壁而出。作为世界百年未有之大变局的局中人,他既不以忧郁的艺术家角色出现,也不站在优哉游哉的旁观者立场,而是坚决地选择与历史与土地共命运同呼吸的姿态。在他真挚深情的回眸中,五千年中华文化并不是萋萋芳草、空旷废墟、夕阳古道,而是流淌着文化传统和革命精神的活水,奔突着创造历史和改变历史的地火。

是为序。

山高水长叶建强

叶建强先生很神奇。在四十五岁的年纪，他为了给家中长辈准备生日礼物，"左思右想，一天看到画册上一幅寿桃，心想不如我也来画一筐瑞桃献寿吧。于是铺纸研墨，提笔在宣纸上试着画，一有空就画，几天里画了十几张，竟然有一两张看得过去的。生日礼物准备好了，也一下激发了我对国画的热情"。这一画就画了八年。海量的读画，跋山涉水的写生，焚膏继晷的创作，横穿大半个中国去拜名师的历练……终于在艰难的庚子年尾声，他要在深圳美术馆举办"烟云万里"的山水画个人展览了，可喜可贺！这是一份孝心引发的灵感冲动，应验了一念萌起、万物生辉的境界。

叶建强选择画山水画，实在是一条艰难的路，有极大的

叶建强 松泉山居

风险。如果他身边有行家里手，一定会建议他选择花鸟写意来修身养性。中国的山水画传统浩如烟海，博大精深。自宋元以降有三大流派，荆浩、关仝写太行山一带石山，坚实厚重，林木极小；李成、郭熙写黄土高原一带丘壑，轮廓圆润，树多蟹爪；而董源、巨然写江南山水，峦头圆浑，树木丛生。以荆、关、李、郭为首的北宗山水苍厚雄浑的风格，成为中原文化的代表。董源、巨然领衔的南宗山水受时代风气的影响备受推崇，成为山水画的主要流派。由于清代四王陈陈相因，把山水画变成了纯水墨技法的游戏，使北宗山水得以复兴。幸亏石涛出来了，接着黄宾虹出来了，一波又一波赋予山水画以崭新的生命意境和时空意识，南宗山水终得雄风重振。叶建强毫无疑问全方位审视过古今山水画流派的风格和笔墨，他的创作选择的是南派山水，这毫不意外，因为他是岭南人。

但意外的是，他写生和创作的触角竟到达了太行山脉，《烟云太行》《太行明珠》《大别山雪霁》等大幅画作的亮相，显示出他雄强的生命本能。电影《肖申克的救赎》有句名言："有一种鸟儿是关不住的，因为它的每片羽翼上都沾满了自由的光辉。"同理，有一种人是勇往直前的，因为他一定要走到天边走到山顶。花鸟写意、修身、养性是大多数中年学画人的选择，但叶建强不是，他要把山走绝，把天捅破。在意通

叶建强 九连山烟云

古今、理法初具之后，他开始从小品画起步，进行艰辛探索，画了一批又一批山水画。《往复清江》这个系列，终于有了他的个人面貌。清江，古称夷水，长江一级支流，因"水色清明十丈，人见其清澄"而得名。这是叶建强妻子的故乡，秀丽的风景和美好的爱情共振，每一幅画都似石涛又非石涛，充满了叶建强艰辛探索的个性印记。

他用笔随手点染，挥写点画如狂草，而意境情趣迎面而来，这些山如飞如跑、如歌如舞、如坐如立；这些水或静水流深，或激流直下，或如泣如诉。那纵横交错的线条，皴擦和点染有如人的肌肤在呼吸运动。正如黄宾虹所言："不求气韵而气韵自至，不求法备而法自备。"叶建强推崇笔墨，以书入画，强调用笔的质量，寥寥几笔勾出群山的险绝陡峭，打破山脉的原型结构，按心中情趣重组线条，使之在同一节奏旋律中去舒展神韵，从而画出山的精神、水的魂魄。

我注意到叶建强对烟云的喜爱，"烟云万里"作为他画展的标题，在提醒着人们"前不见古人，后不见来者。念天地之悠悠，独怆然而涕下"的孤独感。正如画家高更"我是谁？我从哪里来？我到哪里去？"振聋发聩的追问，叶建强生命的自觉，已深刻体味到：时间消逝的无情，空间虚无的无趣，众生熙攘，追逐繁华，但人生繁华是如此脆弱，我们的奋斗有什么意义？我们的努力有什么价值？有情有趣的生命存于这无情无趣的世界中真是一种尴尬。幸好，叶建强以深情和热爱建立起了人类与这个山水世界的牢固联系，使人类不假思索地加入这注定要毁灭的今生今世。热爱和深情成为我们生命的火、御寒的衣，成为抵御悲观和虚无的旗帜。叶建强极目烟云万里时，他的感动和热爱是由衷的，《往复清江》中的许多作品，房屋数间，长松半岭，幽谷之后是重重叠叠的群山，烟云缭绕，天荒地老。如果不能把云气和云水从天地间连为一气，让它在形象上成为江南山水的主角，贯通天地山河，哪里去找潇湘夜雨、岭南白云？叶建强把烟云引入结体深厚的山峦之间，使自己的山水画既深重又灵动，他的画也因此有了自己的面目。

放大的家园

——读李世南近期画作随感

> 炊烟是一缕被软禁的忧伤
> 藤蔓在篱笆以外垂下梦想
> 窜窜塞塞编历史纪年
> 无边的土地呵
> 才是放大的家园
> 　　　　——一位当代诗人的诗

当代中国水墨画如何超越传统，实现更高的艺术价值？这是水墨画在现代艺术情境中无法回避的问题。在中国绘画史上，还没有哪个时代像 20 世纪末那样，迫切要求中国画进行变革。

李世南 土围子系列一

在我看来，当代美术界对笔墨中心主义的质疑，对改造水墨语言的呼唤，以及对重建当代水墨语境的期盼，其核心就是想突破元明清五百余年笔墨传统建立起来的水墨画规范。然而，传统的水墨画规范——笔墨程式、构图方法和基本语汇，并不是阻碍中国画进入当代的绊脚石。中国画在当代所遭遇的种种诘难，最初也是最终的原因，是当代人对水墨画作品中所流露出的精神趣味的陌生或厌倦。

水墨画与京剧、中医，以及唐诗宋词一样，是传统文化中的一部分，构建起中国文化人的精神家园。在农业文明的背景下，水墨画骨子里渗透着的是创作主体的人格魅力，是对世界诗意的体味。生气灌注、传神写照、诗意体味，使水墨画的每一片山水、每一个人物、每一种花鸟都带着某种神圣或卑污的戳印，在设定的精神原则下成败、悲欢。画面情感表达的局限和画家情感向度的单一，造成了中国画合乎古典美学原则的那种"高贵的单纯，静穆的伟大"。在历代画家为我们提供的精神家园中，每一个人物都在特定的精神向度上戴着镣铐舞蹈，李聃骑驴的超然，李白诗酒的飘逸，米芾拜石的痴迷……都已成为家园中的日常演出；每一片山水都在特定的意境营造中敞开胸襟抒情，残山剩水的悲凉，崇山峻岭的雄奇，大江东去的壮阔……都已成为家园中固定的背景；当然还有那些表情达意的花鸟虫鱼，是这所家园中不可或缺的摆设和点缀。"物我合一"，"我"的存在温柔敦厚（儒家），"我"的消匿无碍无执（道家），留下的总是中和单纯的世界，像故乡那缕忧伤的炊烟。

中国画为我们构筑精神家园的方式，还有这座精神家园所带给我们的感受，使我常常联想到传统小说和戏剧中的"典型化"手段和"大团圆"结局：每一典型神圣或者卑污的信念，绝顶的聪明或愚蠢，非同寻常的际遇，玫瑰色的想象和如火如荼的热情，都带给我们另一个世界的满足与趣味。但是，在大工业生产所引起的根本性变化面前，沉重的忧患意识取代了优美的诗意，反典型成了一种世界性的文学思潮，"一切都变了，彻底变了／可怕的美已经产生"（叶芝）。那么，一直徘徊在宁静家园里的中国白山怎么可能满足当代人的精神趣味呢？

到这个时候，我们就有可能理解李世南的画作《浮生系列》和《土围子系列》的意义了。《浮生系列》中的那群人，是在街道还是在广场，是在过去还是在现在？时空背景的颠覆迫使我们隐去了对具体人事的考究，他们追逐的是名还是利？他们的茫然惶恐是命运的交错还是现实的赋予？抽象至符号般的人形使我们放弃了对形而下的思考。我知道，这是

李世南 土围子系列二

静（心之静和病后康复期的肉体之静）到极致的李世南对动到病狂的时代的感受，也是每一个有着宁静的精神家园又行走在动荡不安的路上的现代人的感受，更是由农业文明向工业文明过渡的世纪之交的生存状态。浮生如梦如幻如符号，芸芸众生茫然四顾疯狂追逐一路狂奔，通向现代的门在哪里？而在李世南面前，现代之门已轰然洞开。

大工业的机器轰然雷动，大烟囱的黑烟怒气冲天。我找不到小时候的牛绚和牧歌。我的家园变了颜色和声音，成为一幅渐行渐远的风景小品。李世南在放大我们的家园，异常的色调和异常的人物对于家园是陌生的，但还给了我们一个真实的本原。因此，我们在惊讶中感到亲切。

《土围子系列》没有诗意，没有表情，没有人格魅力的投射，但是，有隐秘的故事和隐秘的渴望，有隐秘的真相描述和隐秘的生存追求。文人画中那种"只堪自怡悦"的闲适，被人类整体生存真相的冷光逼退了，我感到了李世南那种背叛的快意和反击的冷酷。

许多年以前，战战兢兢的李世南站在恩师石鲁面前，为自己没有照传统的画法画而紧张流汗。"传统是一代一代创造出来的，你如果创造得好，传下去就是传统！"他的恩师如此吼道（李世南《狂歌当空——忆石鲁》）。在今天，经过大难不死的顿悟，李世南破坏了我们宁静的精神家园，喧嚣的现实与纷乱的心事涌入，这是不是我们后代的家园呢？

任何艺术都源于对乡愁的冲动。身处20世纪这一伟大的过渡性世纪，中国五千年农业文明的光辉正从地球上徐徐消逝。如果说，20世纪上半叶吴昌硕、齐白石等艺术大师在水墨技巧上的创新和在水墨题材上的开拓，是在为中华民族的精神故乡留下更清晰、更全景的底片的话，那么，李世南在20世纪末这最后十年的创作，则是对中华民族精神故乡失落的现实进行艺术化的呈现。乡愁的冲动本就是由回忆过去与批判现实这两者铸就的"双刃剑"。在中国历史上，由于画家的阶级出身，以及由之生成的帮忙或帮闲的角色定位，中国画家在创作中，一方面极度地调动了回忆过去的乡愁冲动，对过去的美化成为一个基本的程式；另一方面又极度淡化了批判现实的乡愁冲动，现实成了画家视而不见的东西。从总体上看，山还是山，水还是水，人物还是那些能浇自己块垒的人物，变化的只是笔法、墨意和情趣。由于回忆过去的倾向不是建筑在批判现实的基础上，传统水墨画家的精神家园是没有时代深度的，只是温和的闲适。因此，李世南在20世纪末的创造，可以看作他听从时代的召唤，站在整体性的超越位置观照历史和现实的产物。

李世南 土围子系列三

值得注意的是，李世南对水墨画传统精神趣味的突破，或者说历史选择李世南作为水墨画传统精神家园的破坏者角色，绝不是偶然的。李世南作为世家子弟有过对家族从小康转入困窘那种悲凉况味的感受，少小时期的家族迁徙和青年时的孤身西去，无疑在他生命的早期就笼罩上了一层家园动荡和身世飘零的阴影；而20世纪80年代中期从西安举家迁往武汉的"朝秦暮楚"和90年代初期的南下深圳，使他一次又一次地感受着家园的消逝和时代的剧变。从艺术经历上看，李世南有过在古都西安时期对汉画像石、壁画以及历代优秀画家画作的全情沉迷，有过在武汉时期对荆楚文化的痴狂投入，更有过在何海霞大师门下接受水墨画传统技巧严格训练的经历，伟大的传统既使他深深沉陷，也使他深深惧怕——"我是谁""我往哪里去"的认同危机肯定也深深地困惑过他。生命经历的动荡和艺术经历的复杂，使李世南有可能担负起传统精神家园的突围者角色。从他在深圳的主要作品看，《独行者系列》《土围子系列》《浮生系列》，尽管主题不同，但现代意识的高扬使他完成了自我的定位（"独行者"）、历史的观照（"土围子"），以及人类整体生存现状的窥探（"浮生"），三个系列的作品完整地构成了李世南不同常人的精神家园。在这个世界里，无论是风旋水泻、神出鬼没的用笔，还是自由奔放、浑然天成的泼彩；无论是科头跣足、长袍加身的人物塑造程式，还是动感强烈、线条张扬的笔意特指……这所有对传统水墨画规范的借鉴和创新都服从于现代观念的指引，都服从于表现人在历史剧变期迷惘和抉择这一时代主题。

我不是专业的美术评论家，因此不会像陈传席先生在李世南《山雨欲来图卷》的跋中那样发出"专业水平"的感叹："随想见形，随形见性，变化无方，至无蹊辙可求。嗟乎，神乎技矣，进乎道也。"我只知道，传统的水墨画规范绝不是阻碍水墨画走向当代的障碍，正如方块字绝不是阻碍中国走向世界的障碍。我唯一能做的，就是告诉李世南：尽管有无数只手将遗憾和惋惜加诸你的肩头，但同时，也会有一只神秘之手，穿天而来，取走你为之冥思苦想的家园感悟。

湘粤人文磨合的成功样本

湘粤的人文磨合一直是中国近代化的重要推手。从中国近代史的开端来看,湘人魏源曾千里迢迢从扬州来到广州,与南粤名士张维屏、梁廷枏、陈澧等深入磋商,最终完成了100卷本《海国图志》。在此之后,中国近代史上浓墨重彩的华章,绝大多数是由湘人和广东人联袂书写的。清朝末年的"同治中兴"建立在湘人曾国藩和广东人洪秀全的生死博弈之上,洋务运动早期领袖曾国藩、左宗棠等人,主要依靠广东人容闳、丁日昌办实业;戊戌变法由广东人康有为、梁启超领军,英勇赴死的是湘人谭嗣同;紧接着具有资产阶级革命性质的自立军起义是湘人唐才常和广东人容闳共同策划领导;再后来的辛亥革命自然也是以湘粤两省之人为主完成,当时就有

"孙黄革命"之称；现代史上著名的北伐战争，也与湘粤密不可分，广东无疑是策源地与大本营，湘军则是无可争辩的先遣队和主力军，北伐初期国民革命军的八个军中就有三个是湘军……这样的名单可以继续开列下去。让我如此浮想联翩的是，两个月前在报刊上看到的《晴耕雨读——叶选宁习字展》在岳麓书院盛大揭幕的消息，唐浩明先生在前言中写道："'诸葛一生唯谨慎，吕端大事不糊涂'，此主席评叶帅也。志比泰山，胸若沧海；质如白玉，气贯长虹，此民众之赞阿曾也。人但知叶帅乃公之父，而不知阿曾即公之母。虎父无犬子，人皆知公之得于父者甚多；曾氏多俊才，吾故曰其得于母氏者，亦复不少。"毛泽东与叶剑英，叶剑英与曾宪植，是湘粤人文磨合的典范。而叶选宁将军谦恭地将自己的书法作品以"习字展"的形式呈献于母亲的故土，何尝不是向湘粤人文磨合的伟大历史致敬！

陈湘波先生弱冠之年从湘省南下求学于广州美院，三十多年的光阴在岭南度过。他父亲或许在不经意间给他取的大名，因暗合湘绮先生的名联"吾道南来原是濂溪一脉，大江东去无非湘水余波"，而被评家无数次提起。以我对湘波艺术创作和人生经历的了解，他已绝非湘水余波，而成为令人心旷神怡的南岭白云。在此次题为"素心悟道"的作品展中，他

陈湘波 并蒂莲

陈湘波 荷·晚晖

陈湘波 爱莲说

陈湘波 鹭影清似云

较为全面地向公众袒露了他自己的心路历程和艺术追求。我们可以清楚地看到，他用力最大、用情最深的工笔花鸟，线条流畅而精细，用色准确而淡雅，构成了清新而沉稳的画面效果。细细品赏画展中"草木芳华"和"荷韵丹青"两个板块的画作，我们体会到花鸟虫鱼在风雨日月中的生命节律与作者的情感节律相通相应，从而将自然生命的丰富性和独特性呈现得淋漓尽致。每一自然景物，每一花草虫鱼，都有自己独特的生命轨迹，它们纵向地经历发芽、长叶、开花、凋谢的过程，横向地承受着风霜雨雪、日月山河的影响，变化无穷，意味无尽。欣赏湘波的画作，对每一个人来说，无疑是一次艺术的洗礼，更是一次生命的顿悟。

自然无往而不美，因为自然处处奔涌着生生不息的活力；艺术无往而不美，因为艺术家能够以自己的精神表现自然的精神，使艺术的创作反映自然的创作。在陈湘波"素心悟道"的生命历程中，我惊奇地发现，湘粤的人文磨合成为他成名成家的最大推手。邹传安和关山月，一位是湖南的工笔画大师，另一位是岭南画派的巨擘，都是湘波念念不忘的导师。邹传安先生在湘波求学广州美院的第一年，就将他引上工笔花鸟的创作之路；关山月先生在晚年将他收为关门弟子，教其读书画画，深入自然，面向生活。陈湘波何其幸哉！湖南作

陈湘波　鹏城杜鹃·红

为工笔画的发源地和当代工笔画的创作强省,为陈湘波提供了创作的厚重底蕴;岭南画派注重写生,融会中西绘画之长,画面气氛酣畅、笔墨豪纵、色彩清新、水分淋漓、晕染匀净等特点,三十多年浸润其中的陈湘波,必然汲取了创作的灵气和豪气。

深圳是一个移民城市,现代化和国际化是深圳的追求。在深圳走向现代化和国际化的过程中,人文磨合一定是最重大的主题和最强大的推力。陈湘波的作品有对传统技法的继承,有对自然生态的热爱,有对佛教文化的体味,有对湖湘风物的回眸。可以看出,湘粤的人文磨合赋予陈湘波为人作画以强大的正能量。因此,我认为陈湘波的作品展为不同地域的人文如何磨合提供了一个成功的范例,可喜可贺!而陈湘波的文集《百年山月》随画展同时首发,字里行间深情款款,同样可敬可佩!

是为序。

第四章　春回大地

亲爱的表弟

一

在小书《鹅公坪》的开头，我写到了表哥李定胜。"鹅公坪上，十里八乡的能工巧匠会聚到了柘塘农机站，其中有我奶奶的侄孙子李定胜，20世纪70年代初的一个大年初一，我在晒谷坪上玩耍，他竟然给了我一元压岁钱，我小心翼翼地把这张新钱藏了几天，最后还是把钱交给了我娘，表哥后来成了企业家，如今七十多岁了还身陷囹圄。"

表哥李定胜是1950年6月生人，他家世代都是铁匠，打铁的历史可以上溯到湘军平定太平天国的时代。表哥八岁就帮他爹拉铁炉风箱，十一岁小学毕业就开始跟着他爹打铁，

1969年，他响应国家号召，参加湘黔铁路的修建。表哥打铁打出了水平，也打出了名声，指挥部给他挂了大红花。两年后，他就来到鹅公坪柘塘农机站，当了集体企业工人。那个大年初一的早晨，幸亏从小父母就教我尊卑大小，见人要打招呼，声音要洪亮，不能做蚊子叫。我大声喊："定胜哥哥，新年发财！"表哥高兴地回道："雄前宝，好好读书。"然后，他就给了我一张崭新的一元钱票子。真的，我忸忸怩怩地推却了几下，表哥坚决地给了我。当时我十分感动，因为之前从来没有摸过一元钱的票子，何况还是崭新的。

从1971年起，表哥一直在鹅公坪工作和生活。每一两个月，表哥都会到我家聊一会儿天，客客气气的。家里的锄头和耙头废了，父亲就送到农机站去淬火翻新。不用表哥讲话，他的四五个徒弟就上手了。表哥二十出头就成了大师傅，打铁的事已经不做了。他开始研究拖拉机、打米机和抽水机，很快就把这些机器摸得烂熟，成了真正的民间高手。1972年的夏天，表哥的堂叔李益民从走马街供销社调到秧冲供销社当小头头儿。我家和李家的姻亲关系，丝毫没因奶奶两年前寿终正寝而变得松散，反而更加紧密。每年的大年初二，父亲雷打不动地带着我到李家拜年。奶奶的娘家九溪村离鹅公坪十三四里地。父亲的礼物相对于李家亲房的回馈，肯定是寒酸的。因为表哥是手艺人，另外两个表叔都是吃国家粮的干部。每一次拜年回家的路上，我都听得到父亲内心深处的叹息，也看得到李家的真诚和善良。

1981年2月，顺风顺水的表哥被乡亲叫去排除变压器故障，不慎从大队部楼上摔下，折断了颈椎。当时休克三小时后才有知觉。没钱治病，几次放弃治疗准备收尸，但还是挺了过来。到4月份，表嫂求爷爷告奶奶，走遍亲戚朋友和乡亲，筹了一千多元，送他到长沙湘雅附二医院做保守治疗。差不多半年过去，国庆节后上班第一天表哥进行了大手术。医生从表哥的臀部拆下一块骨头做颈骨，用两块钢板夹住做支架。做手术的两位医生是湘雅顶级骨科专家，手术整整做了十二个小时，并全程录像作为国际学术交流资料。据表嫂讲，当天进手术室的六位危重病人，只有表哥活下来了。给表哥做手术的医生中，其中一位是改革开放后第一批留美回国的专家。到湘雅访问的美国专家也专程到病房和表哥与表嫂拍照留念。

表嫂朱玉梅一直陪护表哥。因为穷，开始她只能吃表哥吃剩的饭，饿得头晕眼花。之后，熟悉环境后，她就见事做事：帮清洁工扫地，给护士打下手，也帮着照看病人。病友和护士开始怜惜她，有意无意地分些食物给她吃。因为穷，表哥营养不良，伤口恢复得很慢。差不多一年的治疗时间，背负了一万多元的巨债。九溪大队仅仅报销了两千元。实在没有一分钱了，表哥1982年春节前回到家乡。医院开具介绍信，长沙民政局解决了两张卧铺车票。从湘雅附二医院到长沙火车站，是病友的陪护人员用推车把他推过去的。在太平寺双涟站下火车，有十几个精壮汉子等在那里。一顶轿子早就准备好了。二十多里地，不到三个小时就到了。我哥是其中的一个抬轿人。

表哥回到家里，做了一年多的颈椎牵引，用石膏将头、颈和上身固定住。暑假我去看望他，他活脱脱就是一个奥特曼的造型。大概在这一年的冬季，为了偿还受伤欠下的巨债，表哥开始借钱做生意。他的十来个徒弟凑了一笔钱，亲戚朋友也凑了一笔钱。每一笔钱，他都恭恭敬敬地写了借条。没想到他的生意竟然做得风生水起，两三年间，他成了当地响当当的能人。不仅还清了所有的债务，还坐到了双峰县富民大会的第一排，又戴了一次大红花。

富民大会一结束，表哥就被柘塘乡的书记和乡长盯上了。离开鹅公坪四五年的表哥万万没有想到，柘塘农机站已是负债累累。书记和乡长陪着他到农机站一看，三四亩地的院子里残垣断壁，芳草萋萋，鬼都没有一个了。表哥一直摇头，眼泪都出来了。转了一圈，他掉头就走。书记和乡长的眼光真是厉害，死死地盯住他不放。不知是三顾茅庐还是五顾茅庐，才终于把他说服。仅仅五年时间，柘塘农机站就发生了翻天覆地的变化。表哥不知用了哪些手段调动了工人的积极性，也不知用了哪些招数揽来了无数的订单。总之，他把农机站打理得有条不紊、热火朝天。1990年，柘塘农机站成为湖南省优秀乡镇企业，表哥在省政府礼堂里坐在第一排，上台又戴了一回大红花。听我哥说，表哥提前一天到长沙，专门去感谢了湘雅附二医院的医生和护士。

戴过三次大红花的表哥，心灵手巧，精明强干。做一件事就能成一件事，哪怕拼死拼活都要出人头地。他从来不懂得"枪打出头鸟"的道理，更不懂韬光养晦、人情世故。一朵花接一朵花地戴下来，他真的有些膨胀了，还有了些虚妄的梦想。1990年"双抢"期间，表嫂朱玉梅来鹅公坪农机站给表哥送东西，顺便看望我父母。她忧心忡忡地对我说："雄前宝，你劝劝你表哥，他现在完全变了一个人了，只听好话，不听真话，一帮子人都围在他身边阿谀逢迎、吹牛拍马，×得了咧，迟早他会摔一大跤，你一定要劝劝你表哥！"当天晚上我就去了农机站，表哥很高兴，又是泡茶又是递烟，然后从一个精致的皮箱里拿出一张红色的证书给我看。我打开一看，是湖南省人事厅颁发的高级工程师证书。

表哥问:"雄前宝,你现在是什么职称呵?"

我说:"助理研究员。"

表哥问:"助理研究员是初级还是高级?"

我说:"中级职称。"

表哥问:"还要几年才能评上高级?"

我说:"起码还要五年。"

表哥就说:"雄前宝,你要努力。你看我这个小学生都当高级工程师了,我本来不想要的,但省里一定要破格发给我,我有什么办法呢?"

我说:"表哥,你鬼聪明,哪个有你这么灵泛?我什么事都干不了,只晓得读书。"

我突然想起表嫂交给我的任务,就劝他不要只听好话。我说:"表哥,忠言逆耳,好多人围着你灌迷魂汤,是因为你有钱啊!"表哥的脸就不自然了,他说:"雄前宝,有钱就是硬道理,我一不偷,二不抢,谁能奈我何?"

话不投机半句多,我憨憨地笑了笑,表哥还是高高兴兴送了我一段路。

二

1991年正月，哥哥不幸暴病而亡，留下年过七旬的父母和年幼的侄儿侄女，嫂子黄龙香也身患多种疾病。熬了一年多，我实在撑不下去了，就辞职下海奔深圳去了。大概有三年时间，我都在还债。我找大学同学于磊焰借钱，找我的发小宋渤海借钱。然后，花十几元买了一辆二手自行车，拉着广告满城跑。我把所有的美容整形医院都走遍了，把所有来自广西北海的老军医门诊部也都走遍了。我为他们修饰文案策划，他们总是像看神一样看着我，我拉来的广告都有不菲的提成。我夜以继日地赶稿，全国妇联1992年开始创立的妇女报刊优秀作品评选，前三届我都拿到了一等奖。第一届，我写了一个少女被非法拐卖的遭遇，惊动了全国妇联；第二届，我写了《打工妹，在世纪的交汇点上》；第三届，我写了"全国三八红旗手"陈观玉的故事:《中英街上，有我们的妈妈》。除了给自家的《女报》杂志写重磅文章，我还给《深圳商报·文化广场周刊》开专栏，给《金融早报》《深圳法制报》《特区大社会》写些评论和故事。每一两个月，我就给老家寄几百元。罗湖区桂园路的邮局，我去过几十次。每一次汇完款，我就在马路牙边上坐一阵，想一想父母和侄儿侄女的模样，想一想自己的前路，然后咬咬牙站起来。

大概在1995年年底的一个下午，我接到一个陌生的电话，开口就是："雄前宝，你在哪里？"仅仅愣了一秒钟，我就知道是表哥。

我问："表哥，你来深圳了？"

他说："终于来深圳了，深圳真的洋派呵。"

我问："你住在哪里？我来请你吃饭。"

他说："不要你请，你有几个钱呀。你下班到晶都酒店来，六点钟见。"

晶都酒店离桂园路红围街也就一公里的路。我骑着单车提前十分钟赶到，把单车锁好，就看到表哥在酒店大门前踱步。我赶紧过去，表哥亲热地握着我的手，说："雄前宝，你黑了。"我说："我一直都黑。"他说："冬天里还这么大的太阳，你受得了啊！"我就开玩笑说："表哥，你是大老板，细皮嫩肉经不得晒。"我问他到深圳办什么事，他说地区安排一批企业家到香港考察，明天就过罗湖桥。

那天晚上，表哥点了六七个菜，他吃得很少，我吃得很多；他说得很多，我说得很少。他说："我前天还到过鹅公坪，你父母都还健旺。你侄女读高一了，成绩好得很咧。你要盯一下你侄儿，懵懵懂懂的。你要写信给他打气加油，考不上大学留在乡里的话,将来是个大包袱呀。"我真心听懂了他的话,之后每个月都给侄儿写封信,也要求他必须回信。

过了一会儿,表哥突然拍了一下他的大腿,说:"雄前宝,你爷老子最近很固执很怪异,你要注意一下,以前要我做什么事,他就喊一声。这几年,他竟然一次都没有喊过我,前天到鹅公坪,我要给他一千元,他竟然坚决不要,这是怎么啦?"我说:"表哥,我爷老子七十六岁了,还能做什么事,还能花什么钱呀,你都知道,他是个特别爱面子的人。"

表哥说:"也是,也是。"其实我知道,能干的哥死了,我父亲的心就枯萎了。

表哥说:"雄前宝,我也下海了,收购了双峰县城边上的一个水泥厂,还准备搞一个双峰最大的铸钢厂。"我说:"表哥,你有多少钱啊?""表哥说:"一两千万还是有的,你不要给别人说啊。"

我的天呵,做梦都没有想到,表哥有这么多钱!当时,我的眼珠子都快掉下来了。

那天晚上,我和表哥相互留了手机号,突然想起他怎么就知道我的座机号,表哥说:"我蠢啊?我已经在双峰街上起了一栋楼。《女报》杂志在街上的报亭里有卖,我早就记住了你的办公电话。"我说:"表哥,你真的是鬼聪明!"

过了两个月，表哥给我发了一条短信：亲爱的表弟，你能不能给我买一套金庸的武侠小说全集？我立即回复短信，可以。第二天，我就给他寄了一套。以后，一年半载他都要我买一本武侠小说，每一次短信的开头都是"亲爱的表弟"。《三侠五义》、"梁羽生武侠小说"、"古龙武侠小说"、"温瑞安武侠小说"等，我都给他寄过去了。

2007年5月，表哥又来了一趟深圳。他左手拖着一个拉杆箱，右肩扛着一个沉甸甸的大袋子，没有提前给我打电话，又是一个突然袭击。当时，女报杂志社已经从罗湖区搬到福田区妇儿大厦，我问他是不是从《女报》杂志上找到的地址，他说他订《女报》十来年了。我又问他："为什么不提前打声招呼，我开车来接你呵。"他说："我有手有脚，接什么接？"他打开那个大袋子，原来是一袋子的黑毛小香猪肉。表哥说香猪肉在双峰卖到三四十块一斤，供不应求。我不太相信。表哥说他养了几百头小香猪，他吃了一年多了，身体好了许多；表哥还说，那饲料很金贵，配了名贵药材。我也不太相信。表哥看出来了，说："你当普通猪肉吃吧，熏得金黄金黄的。"然后，表哥说："雄前宝，我给你看点儿好东西。"我说等一会儿，先去吃午饭。

妇儿大厦的二楼整层是娱驰大酒楼，以湘菜为主，我叫了社里罗尔、胡超美等几个湖南伢子作陪。首先，介绍表哥是双峰县有名的企业家，表哥很羞涩，连连推托。然后，告诉那几个湖南同事，我表哥从鹅公坪打铁开始，每一个阶段都开了外挂，提前为今后的发展埋下伏笔。他是一个收拾烂摊子的专家，至少救活了七八家乡镇企业；他是一个慈善家，为几十个贫困学子提供学费；他是一个只有小学文凭的高级工程师，精读《孙子兵法》，《女报》杂志他订十多年了，所有的武侠小说他都读遍了。最后，我说最重要的是，他是我亲爱的表哥。从小到大，我父母、亲戚、同学、朋友都没叫我"亲爱的"，只有我这表哥在我三十出头的时候，每一次发短信都叫我"亲爱的表弟"。开始我觉得肉麻，觉得表哥做作，但他坚持了十几年了。慢慢地，我真的很喜欢这五个字，特别是"亲爱的"这三个字。我告诉表哥和同事，我反思过，小时候的贫穷可能是一个因素，我们的教育体系对爱的教育也有些阙如，我要向表哥学习他强大的内心和强大的爱。

表哥很羞涩，眼睛都湿润了。回到办公室，表哥打开他的箱子，说："雄前宝，你看看我的宝贝，你刚才让我很感动，我真的很喜欢你这个表弟，但你忘记了说我是个收藏大家。"我说："收藏要有好多精深学问才不会受骗、不会吃亏，你绝对搞不定的啦。"表哥说："谁骗得了我呀！你还不知道我的智商情商，当年你给憨爸（国画大师王憨山）写文章、搞展览当吹鼓手，我就偷偷下手啦。现在，我收藏了几百张画，几百个古董。"我看了表哥的古董，据说有几件还是故宫流出来的，但真的不像，倒是他带来的王憨山、曾彩初两位先生的国画作品货真价实。我非常严肃地提醒他，古董绝不能收，国画适当收一点即好。我还强调一声："你那个瓷瓶、那个木雕、那个菩萨、那个青铜器，都只包一张报纸，好东西都会被你撞坏的。"表哥又流露出羞涩的神情。

表哥说走就走。我要送他到火车站，他说："我有手有脚，送什么送。"我还是送他到马路边打的士，他把拉杆箱直接提到车尾厢，转身就用双手拍着我的脸，说："亲爱的表弟！"

三

2012年11月2日七点左右，湖南省娄底市政协常委李定胜家刚打开大门，守在门外的娄底市经侦支队和双峰县经侦大队民警一拥而入，径直奔向二楼李定胜的卧房，直接从床底下拖出一根根象牙。

表哥干了啥？他花巨款收藏了25根象牙，共计172公斤。在我的记忆里，改革开放后的双峰，20世纪80年代特别重视知识改变命运，曾国藩"晴耕雨读"的理念深入人心，无数的学子"头悬梁，锥刺股"，高考第一届考不上，就考第二届，一个姓朱的同学考到第八届，成就了闻名双峰的"朱八届"。到20世纪90年代，城乡壁垒开始被打破，在考学之外，无数的乡亲开始做假证，"东南亚证件集团"闻名遐迩，贩卖假证的乡亲赚得盆满钵满，一栋栋洋楼拔地而起。新千年的第一个十年，不到九十万人口的双峰县竟然有二三十万的乡亲去云南淘金、开矿和做生意，然后家乡就不断传来买卖象牙的消息。

毫无疑问，我那因疯狂收藏而闻名双峰的表哥中招了。

因涉嫌犯非法经营罪，表哥于2012年11月2日被刑事拘留；因涉嫌非法收购珍贵、濒危野生动物制品罪，于2012年12月7日被逮捕。2014年12月4日，在认定有立功情节的情况下，双峰县人民法院一审以犯非法收购珍贵、濒危野生动物制品罪，判处表哥有期徒刑十二年，并处罚金600万元；上诉后，2015年2月9日，娄底市中级人民法院二审裁定维持原判。

2014年4月中旬，表哥成为全国人民耳熟能详的犯罪嫌疑人。有人在湖南红网上发帖举报，称湖南省双峰县委、县政府以红头文件的形式，"请求"将涉嫌收购25根象牙的犯罪嫌疑人李定胜取保候审。网帖称，双峰县企业主李定胜在被抓后，利用关系私下说情，最终让县政府以红头文件的形式，向娄底市委政法委"请求"将已逮捕的李定胜取保候审，理由是如果不放人，会影响企业发展。新华社、中新社、《中国青年报》、人民网、新浪网、网易新闻……上百家媒体记者集聚在双峰县永丰镇，群情汹汹，坚决要求维护司法权威。"作为一级地方政府，决不能以违法的代价干预司法，去维护所谓的企业发展。"这一句话在无数报道中出现，义正词严。

搜索一下"李定胜湖南"，围绕双峰县委、县政府的红头文件这一事件，网络上还大量残留着各种各样的报道和评论，列举几个标题如下。

《湖南双峰县委发文为企业主嫌犯请求取保候审》（《中国青年报》）

《把取保候审看成恩赐，堪忧》（新浪新闻）

《湖南省双峰县以红头文件干预办案很傻很天真》（中国经济网）

《湖南双峰：以后将杜绝发红头文件请求取保候审》（中国政府网）

《湖南双峰县发红头文件为嫌犯请求取保候审》（网易新闻）

《发红头文件"救"嫌犯是在搞啥"猫腻"》(人民网,中国共产党新闻网)

《红头文件"捉放李"令法治蒙羞》(《长江商报》)

《政府红头文件为何沦为"求情法宝"?》(成都文明网)

《湖南双峰县发红头文件为嫌犯请求取保候审》(央广网)

《红头文件亦要且行且珍惜》(三湘风纪网)

《红头文件不能僭越法律"红线"》(中国日报网)

……

无尽的远方,无数的人们,都在关注这个事件。在我几十年的家乡记忆中,好像只有两件事留下深刻的印象:第一件事是双峰人做假证惊动了全国人民,那是一种群体性的违法行为;第二件事就是表哥收藏象牙惊动了全国人民,几乎所有的媒体都发声了,有一段时间,永丰镇的宾馆和招待所竟然容纳不下来自全国各地的记者。

一级政府发红头文件为嫌犯请求取保候审,肯定是不对的。但双峰人却议论纷纷,双峰地下象牙生意早已成风,政府既没有大力宣传相关法律法规,之前也没听说收藏象牙犯罪。很多人都认为表哥一个农民企业家,哪里懂这个,此其一。许多乡亲讲,大象又不是表哥杀的,他既没去过云南,更没去过非洲,是有人送上门来"带笼子"(长沙方言,意为设局、下套）的，25根象牙一根不少被收缴，表哥还亏了192万元呢，真的是赔了夫人又折兵，怎么还要坐十二年牢，罚600万元呢，此其二。双峰县出红头文件为嫌犯请求取保候审，肯定不是嫌犯求情求出来的，而是双峰县委县政府有巨大的苦衷。因为双峰县一直是国家级贫困县，老百姓苦，政府没钱，而李定胜这个残疾人，每年都源源不断地为国家财政纳税，解决了很多人的就业问题，也是当地公认的热心人和好人，一心想为双峰县做更大贡献的表哥，一着不慎，满盘皆输，此其三。

特别神奇的是，双峰县的红头文件风波刚刚平息，不承想湖南的红网和海南的天涯社区齐刷刷地推出一篇热文《幸运的李桂英，公正的项城警方》，标题与李定胜没有一点关系，内容却无一不是客观描述李定胜夫妇的冤屈。红网和天涯社区有多少铁粉呵，这篇热文很快引起高度关注，至今还能轻易从网络上搜到。全文如下。

幸运的李桂英，公正的项城警方

1998年，河南项城的农妇李桂英丈夫齐元德被齐金山一伙殴打致死，五名嫌疑人潜逃。李桂英经十七年的艰难追凶，相关嫌疑人全部落网。2012年，湖南双峰的农妇朱玉梅丈夫李定胜受谢伯茶一伙威逼利诱收购象牙并举报，李定胜中套入狱并处罚金，谢伯茶于2015年7月在外地落网。对比二案，发现李桂英真是幸运儿，项城警方确实公道正直。

一、同样是大案，齐金山未判死刑确有原因，谢伯茶未深查没有解释。

李桂英希望齐金山能判死刑，但据李桂英介绍：抓到了齐金山后，她得知，找到齐金山行凶时的刀就能判死刑。联系了几年，刀找到了，但结果"判完了"。朱玉梅希望查清谢伯茶的罪行，但据朱玉梅介绍：谢伯茶在郑州火车站被抓后，她就往相关部门写信和举报。她2015年7月底送了检举信到双峰县经侦大队，可不仅没结果，到8月中旬，谢伯茶的案子都送到检察院了，警察硬生生跑赢了老太太的病腿。后来双峰县公安局更是回复，已经提起公诉，请找检察院等单位。

齐金山案是简单的故意杀人案，谢伯茶案是湖南省最大的象牙案，更有可能是中国最复杂的第一大象牙案，中国的"象牙皇帝"，都是通天大案。但从谢伯茶身上，可能挖出整个东南亚象牙走私的黑幕，成为世界大案、世纪大案。齐金山未判死刑，确实有李桂英几年后才找到齐金山行凶的刀这一原因；谢伯茶未被深查，能怪李定胜、朱玉梅检举不及时？

二、同样是通缉，齐金山罪名相符，谢伯茶罪名不合。

齐金山杀了人，以故意杀人罪或故意伤害罪追逃；谢伯茶做象牙生意，却以"涉嫌非法经营犯罪嫌疑人"追逃。案发都两年了，收购象牙的李定胜、李敏以珍稀动物制品罪的相关罪判了刑，可象牙走私贩卖集团的头子却反而以"非法经营罪"追逃。

三、同样是捉人，李桂英未出办案经费，朱玉梅出了办案经费。

刑事案件中，公安机关负有主动搜集线索、追查嫌疑人的职责，受害人或家属只有配合调查的义务。齐金山案警方因"经费和警力不够"未外出缉凶，但表示如有线索，他们就去抓。谢伯茶案李定胜则在取保候审期间出钱出车派人和警察一起去缉凶，结果正如谢伯茶所讲"这边有什么动静他都知道"，钱用了，人没捉到。事实上，李定胜和警方一直在通过谢伯茶的亲戚做他回来自首的工作，能说没有谢伯茶的线索？

四、同样是通话记录，李桂英提供警方就抓人，朱玉梅举报没反响。

李桂英通过查询齐金山的通话记录，发现他和一个新疆的号码联系比较多，就把手机号码告诉了新疆警方，他们很快速住一个人让她认，但不是，又抓住一个人，就是齐金山。朱玉梅在互联网上公布，2012年10月31日17—18时许，谢伯荼结完部分账后接到一个电话，谢伯荼回复中有"已结账，没问题"。连朱玉梅都认为需要查一下这个和谢伯荼通话的人，是警察还是同伙。新疆警方能够根据这一线索先后抓两个人，娄底警方对这一重要线索采取了什么行动？

五、同样是落网，齐金山未听有自首，谢伯荼是公开自首。

李桂英至少有一点是欣慰的，未听说齐金山一伙有法律认定的自首。可朱玉梅却气炸了，李定胜多次出钱许诺请谢伯荼回来自首，谢伯荼未自首；2015年年初谢伯荼家老人过世时是最好的自首机会，谢伯荼未自首；反而在李定胜服刑后，警方宣称，2015年7月14日17时许，谢伯荼在几千里外的郑州市公安局火车站分局投案自首。(《经侦大队圆满完成"猎狐2015"专项行动任务》)

六、同样找说法，李桂英未怀疑警方和齐金山等同谋，朱玉梅怀疑警方与象牙集团联合办案。

据朱玉梅介绍：2012年10月31日17时到18时许（和民警接到举报的时间神奇地偶合），谢伯荼结完部分账后，客厅内的电话响了，他走到走廊接电话，他回话"已结账，没问题"，他对李定胜扔下一句"你有个亏吃"后走人。据案件资料：2012年10月31日17时许，娄底经侦支队民警接到群众匿名举报并审查，第二日立案发搜查令，第三日清早民警直奔李定胜的房间床底拉象牙。李家房子多，朱玉梅也在现场，但民警既不看其他房间，也不问朱玉梅，情况掌握精准。事实上，象牙有多少，放哪里，只有李定胜和亲手搬运的谢伯茶、李敏清楚，能报告精准的"匿名群众"，只有谢伯茶、李敏及同伙。是否走私集团和民警经过详细策划，选择最佳时机启动"群众匿名举报"程序并迅速行动？"买卖同罪"，象牙老帅谢伯茶等不可能和象牙新兵李定胜一样稀里糊涂，内存玄机。

　　人的幸运或不幸，是比较而来的。笔者认为李桂英幸运，是比朱玉梅幸运，其实原因就是最后一条。换句话讲，项城警方肯定和杀人犯不是同伙，而娄底警方和象牙集团关系却令人怀疑。所以，齐金山等没有防卫过当和投案自首，不是过失杀人和激情杀人。所以，朱玉梅举报有越权执法和钓鱼执法，老农李定胜摇身一变成专家，能"明知大象是一级保护动物"。所以，也有网民认为属选择性执法，谢伯茶可能为警方线人。

　　李桂英，你是幸运的，你遇上了公道正直、干净清白的办案警察。

　　我无法对这篇文章的内容做出准确评判,但对项城的李桂英和双峰的表嫂朱玉梅肃然起敬。小时候,我娘曾用一个比方来说明对与错的区别:你打破一个鸡蛋,不用问别人,闻闻味就知道那是不是一个坏蛋。许多人都闻到了坏蛋的味道,可他们都选择了沉默,只有这两个女人像一道闪电,划破沉沉的黑幕,为亲人做最后的抗争,给我们带来最后的光亮。当年,我还在主持女报杂志社的工作,一直对抗争的女性给予最深切的关注。我总是告诉同事,关注她们,就是关注我们自己的命运。

四

　　1981年我考上大学,七年里,只有每年的寒假或暑假能和表哥见一两次面。在省文联工作了四年后,我去了深圳。尽管每年都回老家两三次,但和表哥见面的机会却变得特别稀少。2011年清明节我回家扫墓,因为父母都已仙逝,侄儿侄女也早已参加工作,鹅公坪的老屋已经空置,我只好住在县城永丰镇的湘军大酒店。

第二天早上，电话铃响了，一听就是表哥的声音："雄前宝，你住到街上了都不给我打声招呼，幸亏我有线人，你赶快下楼，我在楼下等你哈。"我立即下楼，就看到表哥站在一辆大奔的边上，师弟尹晓奔这个线人笑嘻嘻地等着我。大概十分钟表哥就把我拉到他家里，他家好像是个五层的四合院，表哥在二层接待我，首先抱来一捆画给我欣赏，王憨山的代表作他都有收藏，一张题名《沛乎塞苍冥》的大画，我第一次亲眼看见，画中老鹰那铺天盖地的气势，真堪称神品。然后，我看他收藏的曾彩初先生的作品，其大篆铁骨铮铮，遒劲有力；其墨竹独具一格，堪称一绝。表哥一直问我怎么样，我说都是精品，他就很高兴。他又抱了两捆画来，我说龙蛇混杂，大多数都是废纸，他就不高兴了，问我是不是看走眼了。表嫂气呼呼地对我说："你表哥走火入魔了，天天有人来送画、送古董、送宝贝，天底下哪里有这么多宝贝呀，雄前宝你劝劝他。"

表哥眼珠一瞪，说："你这个堂客头发长见识短，什么都不懂。"我说："嫂子讲得对，你只能收一些名家的画，而且要亲自到名家手里买，才靠谱。"表哥就牵着我的手到另一间房看他收藏的木雕、青铜器和瓷器。他把排柜里的这些东西拿出来，一一要我验证真假。我说这些东西我不懂，但常识告诉我，天底下确实没有这么多宝贝。一眼看下去，你几百元几千元几万元买的宝贝，我觉得绝大多数都是假货。我还提醒他："双峰人做假证做得像不像，新化人做袁大头做得像不像，邵东人做假药做得像不像，表哥，你心里要有数啊。"表哥说："好啦好啦，我心中有的是数，故宫里流出的宝贝我就不给你看了，我拿一个镇宅之宝给你开开眼。"

他又打开一个柜子，小心翼翼地捧出一块大红布包着的东西，揭开竟然是一件龙袍。表哥把被子摊开到床上，将龙袍摆到被子上，说花了20万元买的，是康熙皇帝穿过的。我细细一看，绝对是戏院里粗制滥造的龙袍。我不敢说话，怕他当场晕倒，只好说我不懂。最后，他带着我看了他的仓库，至少有一百根金丝楠木，我不知道金丝楠木的价格，估计他花了大价钱。

吃完丰盛的午饭，他开车把我送到湘军大酒店。这一别，就是十一年。

在表哥坐牢的十二年里，因为血脉关系，我自觉不自觉地会打听他的消息，过一段时间就会在网络上搜一搜他的情况。

我看到《娄底晚报》2004年9月1日刊登的消息。8月25日，在双峰县走马街镇大码村新屋组又发生了动人的一幕：湖南省国藩集团董事长兼总经理李定胜亲手将4000元助学金送到了该村王柳明手中，一举解决了他无钱上学的困难。至此，李定胜捐助社会公益事业，捐助失学儿童和贫困大学生已逾50万元。李定胜是我省优秀民营企业家，于1992年创建国藩集团公司，出身寒门的他，在致富后不忘贫苦百姓，每当目睹那些因大额学费而濒临失学、亟待帮助的学子时，他常常想方设法资助他们。双峰一中学子王小飞，以优异成绩考上清华大学后，因巨额学费而无法踏入大学的门槛，李定胜获知内情以后，慷慨解囊资助他5000元。贫困学子罗建军、王斌辉等考上大学后，均无钱上学，李定胜又无私资助，圆了他们的大学梦。8月下旬，李定胜从永丰镇一退休老同志处获知，该县走马街镇的王柳明今年考上中南大学后，因父亡母嫁，姐弟俩与年逾八十岁的老奶奶相依为命而无法上学，二话没说，驱车来到王柳明家，慷慨捐助4000元。《娄底晚报》这则消息的标题是《李定胜，50万元捐助他人》。仅此一条消息，证明表哥是个善良的人。

　　表哥打铁水平高强，把鹅公坪上的柘塘农机站搞得热火朝天；回到九溪大队成立铁工厂，靠打铁的收入修通了九溪大队的公路，修通了万伏高压电进九溪大队，修建了数公里长的电力浇灌系统，全大队三分之二的田避免了靠天吃饭；伤残恢复后，担任负债累累的柘塘农机站站长，五年后将该站变成了全省优秀乡镇企业；2003年表哥注册成立湖南省国藩工矿机械有限公司，2005年国藩工矿机械有限公司被水利水电集团接纳为配套生产厂家，一大批高标准水电机械运用于国家重大项目建设，三五年把这个工矿公司做成了省重点企业……表哥由一个需要救助的残疾人，变成一个救助贫困人群的强者。他经营的企业从来不拖欠员工工资，也从不偷税漏税。而他本人是一个遵纪守法的纳税人，也是一个坚韧能干的人。

我走过很长的路，也看见过好多的人，和陌生人聊一会儿天、吃一次饭、打一次牌，基本上就能知道人好人坏。这得益于我的研究生导师萧艾先生，他著有《中国古代相术研究与批判》，单独给我讲授过曾国藩、王闿运的识人之术。表哥的羞涩，让我想起导师引用孟子的话："'羞恶之心，义之端也'，一个人懂得不好意思，就是义的开端。"表哥在短信里叫我"亲爱的表弟"，但与他面对面交谈的时候，他只喊"雄前宝"，绝不巧言令色。他用报纸胡乱打包真假难辨的宝贝，我提醒他，他会羞涩；他扛着一个大袋子，拉着一个拉杆箱，站在我办公室门口，他突然就红脸；我在认真地看那件龙袍时，他不断地搓手。孔子最喜欢害羞的颜回，但并不是因为颜回害羞才喜欢他，而是因为颜回羞涩内敛的性格，使他特别虚心特别刻苦，又安贫乐道。羞涩是良知的产物，是一种自我控制，也是对外界事物的尊重。因此,羞涩总会使人适可而止,恰到好处。羞涩已经越来越稀缺,我心疼我这个羞涩的表哥。

表哥这十来年时间都要我买武侠小说给他,我觉得读了上百本武侠小说的表哥,自然而然会熏陶出侠义之心。天下多有不平事,人间难遇有心人,但"拔剑谁无义,挥金却有仁"在小说中却是寻常之事。纸页翻动之际,恍惚之间我们和侠客或快意恩仇,或浪迹天涯,或笑傲江湖,或仗剑行侠。20世纪80年代中期,我读了无数本武侠小说,我的室友罗毅也读了无数本武侠小说,经常我读上半夜,他读下半夜,读得晨昏颠倒晕头转向。很快从中文系研究生延伸到其他十几个系的研究生,都成了武侠迷。行侠主题"平不平""立功名""报恩仇"我们烂熟于心,动不动就是"侠士替天平不平,其情如山心如铁""路见不平,拔刀相助"。正是因为我有"千古文人武侠梦"的阅读经验,我认为侠客精神是对中国传统文化的一种重要补充。表哥救助贫困人群,遵纪守法纳税,绝不亏欠员工,有游侠之风。极为罕见的是,他从不给领导送礼,成了众口一词的"铁公鸡老板",同时,勤俭节约,经常吃霉豆腐下饭,被乡亲们封为"霉豆腐老板"。

我心心念念的表哥终于出狱了,我会第一时间去看望他,回他一声"亲爱的表哥"。

青涩女孩成长记

我伯伯聂宗藩的大女儿聂伦贞是个人物。

五十年前就有霸气女总裁的风范，现在八十多岁了，风范犹在。她十六七岁当民办老师，漂漂亮亮，聪明伶俐，很快就嫁给抗美援朝战斗英雄朱晓阳，成为双峰县农副产品公司的正式工人。姐夫比姐姐大十岁左右，亲身经历上甘岭战役并受过伤，不太在乎生死，更不在乎家庭琐事。姐姐就毅然决然地挑起了当家做主的重担。对三个子女的成长，对父母的孝顺，对亲戚的关照，无一不尽心尽力。我十岁那年得脑膜炎被送到县人民医院时，已是奄奄一息，细叔叽的青霉素救了我的命。之后我又得了腮腺炎，姐姐带着姐夫深夜在河边打着电筒找中草药，然后捣碎敷我的腮腺，让我彻底痊愈。

姐姐特别要强，在20世纪70年代后期以差不多初中的学历竟然要离开县城，参与涟源地区的整合，在邵阳市郊外兴隆坳做了好几年的筹备工作，并成为一个优秀的会计师。涟源地区最终改名为娄底地区，姐夫姐姐就成了娄底物资局的干部，与她的弟弟聂愈前一家会师在湘中明珠娄底市。伦贞姐、愈前哥、建军姐当年都是学霸，愈前哥的一儿一女顺风顺水上了大学，建军姐的儿子也是大学生，只有伦贞姐三个小孩没出大学生，这可能是我大姐心中永远的隐痛。她太能干了，太好强了，太严厉了，大树底下寸草不生。

2001年春节过后，姐姐就打电话给我："你侄女大学要毕业了，你要安排好呵。"我顺口就说当然。她非常警觉，说："你这个侄女你要搞定，你那个侄女也要搞定，绝不能厚此薄彼。"我醒过神来了，张口就回她，当然先搞定聂琴琪啦，聂玲玲已经考上北大的研究生了。琴琪是愈前的女儿，乡下叫堂侄女；玲玲是建前的女儿，乡下叫亲侄女。我完全没有这种亲疏观念，姐姐却非常担心，我心里总是暗笑。她一个月打一个电话提醒我，到五月就打三四个电话给我，说要打笔钱给我去打通关节，说我不收钱的话就是敷衍，我就逗霸，说："姐，你过来吧，我陪着你去送钱吧，反正我是不敢送的。"她就在电话那边生气。

姐姐是操心的命，她永远都不知道我1997年在深圳市中医院住了两三个月院，和市中医院的领导和医生混得烂熟。医院永远是出故事的地方，我手下的四五本杂志每年都会写一些好医生的故事、医患关系冲突的故事和急诊室的故事，非常畅销，市中医院楼下的书报亭每月至少要销售1000册。恰好深圳市中医院要从湖南中医药大学招几个大专学历以上的护理人才，琴琪顺风顺水地被分配到了深圳市中医院。

2001年7月初的某一天，我早上从深圳火车站接琴琪到市中医院报到，到处都是熟人，到处都是欢声笑语。我详细给她讲了做人做事的道理，她非常用心地听，还连连点头。我说周末来接她，住两个晚上，把路走熟。她一个星期给我打两三次电话，认识了哪些人，看到了什么稀罕事，受到了什么表扬，都兴高采烈地告诉我，听得出她的快乐。大概过了三四个月，一个陌生电话打来，就听到她的哭声，我问她："怎么回事？谁欺侮你了？"她一直在哭，哭得上气不接下气。我说她再不说话，我就挂电话啦，她才告诉我在南园路包被抢了，她前天买的手机也被抢了。

我就笑了，说："你别动，我一刻钟就赶到。"到了南园路，很快就看到了站在公用电话亭边上的琴琪，我问她怎么被抢的，她说和同事逛街，一个骑摩托的人一下就把她的包抢了，她追了五六十米，眼睁睁看着那飞车贼跑远了。我说：

"傻孩子，人重要还是包重要，你都不掂量一下，飞车贼踢你一脚怎么办？拿刀子刺你一下怎么办？一定要记得保护自己。"我带着她到南园派出所报了案，看到她穿的是高跟鞋，又叮嘱她逛街不能穿高跟鞋，免得崴脚。问她的手机多少钱，就当场给她补足。

2003年上半年，非典肆虐，琴琪作为第一批挺身而出的医护人员之一，她的决心书让我热泪盈眶。我给太太看，太太说："你们聂家有种，都是些不怕死的人。"第二天，太太就开着车到市中医院给琴琪送防护物资和各种零食，千叮咛万嘱咐，从此就把琴琪当女儿一样看待。琴琪不负众望，凭借她的专业水准和大无畏精神，获得了深圳市人民政府的嘉奖。

婶婶开始张罗帮她找对象，她一直说不急。我把她叫到家里，说："你不急，你娘急，你婶婶急呵。"深圳是移民城市，人员流动性强，加之女多男少，男孩就成了唐僧肉、香饽饽。我主持女报杂志社工作的时候，在西丽湖开了两天会，提出大搞交友会和集体婚礼，很快就做得风生水起，成为深圳最好的公益品牌项目之一。我们一年举办两场国际集体婚礼，规模最大的一场有三百多对新人和两千多名亲属参加；一年还举办十来场相亲会，每一场都有几百名俊男靓女参与。市委、市政府领导出席国际集体婚礼并主婚，历届妇联主席证婚、世界之窗、锦绣中华民俗村和欢乐谷因此人山人海，水泄不通。之后，三四十辆大巴从市妇联大院出发，沿深南大道游街，每一个街口都有威武的交警指挥交通，一路绿灯通行。那真是黄金岁月啊！无数的家长都说："聂总，你做了好事，积了德，我们要请求市委、市政府给你表彰，给你记功。"万万想不到，市里给了我一个"妇女之友"的表彰，我气得偷偷将这证书藏在抽屉底下，让它永不见天日。

给侄女讲完这些往事，她很听话地谈了一个男朋友，谈了一年左右，两人感情顺利，两情相悦。不想幺蛾子出来了，男孩带着琴琪去认门，侄女很漂亮、很得体，公公婆婆非常满意，但问到侄女的年龄时，客家籍的大人脸色就阴沉下来了，原因是侄女的年龄比男孩大几个月。侄女很痛苦，我开解她："不是你的损失，是他家的损失；不是你不好，是他家配不上你。"我信誓旦旦地保证，很快给她找一个华为或腾讯的好青年。然而，两个月后的一个深夜，侄女在急诊室参与一台重症手术，一直忙到凌晨四点。她打车回周转房睡觉，在皇岗路莲花二村段不幸发生车祸，直接被救护车送到了北大医院。早晨六点多钟，侄女给我打电话，我穿上衣服，拿着一张银行卡就跑下楼去开车，十几分钟就赶到了北大医院。

我走进病房，就看到那个男孩坐在病床边。我怒从心头起，捋起袖子就挥拳,吓得那个和我见过一次面的小伙子抱头鼠窜。我追了他十几米,回过头问侄女怎么回事,她说:"男孩那边一早就做通了他爹娘的工作,出车祸时怕影响你休息,就叫了他过来。他从后海过来也就二十分钟,比叔叔你开得快多了呢。"

好,很好。我很快就和男孩的父母见了面,喝了一顿酒,轻轻松松把大哥喝醉,皆大欢喜。后来他们结婚,生儿育女。两口子带着孩子每一两个月来看望叔叔婶婶一次已成为常态。

我见证了她的每一次进步,也见证了她的每一次荣誉。二十年间,她当过抗击非典的英雄,当过深圳市卫健委系统的优秀党员,当过两次深圳市优秀护士,担任广东省国家中医疫病防治队员,成为副主任护师、市中医院重症医学科护士长。让我泪目的是,2020年深圳驰援武汉时,她最早报名,支援深圳市第三人民医院(新冠疫情患者唯一定点救治医院)时,她也最早报名;有一年大年初一,她竟然全天参加了深圳宝安区的核酸采样支援工作。

这几年,我越来越觉得我这侄女和她姑妈很像,伦贞姐姐的要强、勤快、认真、体贴,这个侄女都继承了。伦贞姐的孙女一家被她带到深圳来了,外孙女也来深圳大企业工作了。她对待朋友像春天般的温暖,对待工作像夏天般的火热。

鹅公坪的女儿呵,真好!

希望不死

2008年4月2日,大概中午十一点,我回到了鹅公坪。一下车,就看到河清哥蹲在晒谷坪上,我走过去和他打招呼,他就讲:"×得了,你怎么回来了?"我一下就怔住了。他把头一拍,说:"雄前老弟,出大事了,鹅公坪在深圳那边死了好多人,我正要到深圳去找你呢。"我说不可能,昨天都没有这消息。河清哥说:"我也是刚刚知道的,我们这附近有成百上千的人在深圳修地铁,塌方了,水泥埋了十来个,我要去负责谈判呵!"公共汽车到了,河清哥把头伸出来喊:"雄前宝,你早点赶过来,早一点呵。"

父亲正月十五去世,我提前回来过清明节,一个人住在父兄1988年修建的房子里。到晚上,所有的消息都清楚了。

《中国新闻》报道的标题是"深圳地铁三号线工地发生坍塌事故致三死两伤",开头第一段写道:"地铁工地发生坍塌事故,五人被埋,最终三死两伤!"这不是愚人节的玩笑,这是昨天发生在深圳地铁三号线荷坳段工地的一起真实事故。地铁施工人员在桥墩浇筑混凝土时,模板突然坍塌,造成现场施工人员三死两伤。据初步调查,可能为施工人员违规操作所致。目前,三号线已全线停工。报道最后强调:"死者均为湖南籍,名为刘有成、王利民、王建华……两名伤者已被送至横岗人民医院治疗,目前均无生命危险。"

那天晚上,鸿文、时秀夫妇在我家哭到十一点多,时秀和王伏田的亲侄子王利民就是死难者之一。第二天早晨,留山场生产队王福生带着他的儿子王希望泪眼婆娑敲开了我家的门,福生叔叽的女婿王建华是岩家塘生产队人,也是死难者之一。另一个死难者刘有成是邻近洪山殿镇太平寺村人,我不认识。留山场姓王的都与同新叔叽家沾亲带故,同新叔叽已经老态龙钟,谈判的任务理所当然落在河清哥头上。他读过高中,当过兵,又接了同新叔叽的班,做了信用社的干部,有其父必有其子,他也是神气活现、能说会道,不怯场。

深圳地铁一号线于2004年12月28日正式开通运营。第一批隧道和地下工程建设者绝大多数是湖南人。因为湖南离深圳近，加之深圳市当时的市长和深圳地铁公司的总工程师陈湘生都是湘潭人，从新千年开始，每一年湖南各地都组团开赴深圳。龙田区和洪山殿镇就有四五个团，每一个团都有八九十个人。死难者刘有成、王利民、王建华和伤者刘新贤、刘正，都是第一批钻隧道、扎硬寨、打硬仗的湘中人。这八九十个人不是远亲就是近邻，基本上保留着湘军作战的遗风。

王伏田的村庄叫石门村，在彩石村的西边，到处怪石嶙峋，真正是鸟不拉屎的地方。伏田的姐姐20世纪60年代末嫁到鹅公坪李家。过了七八年，伏田和村上的王建新、王新桃、王新华、王光华、王正遂等，都来到秧冲中学上初中，那时一个女孩都没有。伏田每天在姐姐家吃一餐午饭，两年时间竟长了二三十厘米。伏田1982年考上湖南（湘雅）医科大学，毕业后在中国医学科学院工作了两年多。因为水土不服，伏田回到母校读研究生，硕士毕业后，被深圳市人民医院接收。伏田和我的命运大体相同，都是刚刚过了几年相对轻松的日子，就遭遇横祸。我哥三十六岁暴病而亡，他侄子王利民三十九岁惨遭活埋。赡养老人和抚育幼童的责任，全落在我们肩上，至少要花十来年时间，才能抚平悲痛，克服拮据。

清明那四天，鸿文、时秀夫妇、福生、希望父子和岩家塘王建华的父母大部分时间都在我家里度过。我嫂子回娘家了，饭菜都是时秀姐姐在忙活。他们都默默无言，每过一段时间都要叹一口气，然后，边上就有人用衣袖擦眼泪。我心里非常清楚，事已至此，最大的问题是抚恤金有多少。作为媒体人，我也参加过一些听证会、评估会和事故处理会，法院、劳动局、民政局等单位都熟门熟路。这一次事关乡亲，我表达了我的意见，恳请相关领导在政策法规允许的范围内尽量多给一些抚恤金。在我和一位领导沟通的时候，恰好太平寺的死者刘有成和两位伤者刘新贤、刘正的家属赶来了，二三十个男男女女哭作一团，我就举起手机打开音响让他们听。那是清明节的下午，我的邻居贺莲香大嫂的娘家就在太平寺。到了万籁俱寂的深夜，我给相关领导发了短信：第一，关于坍塌事故三死两伤的报道，每一篇都强调两三遍"可能为施工人员违规操作所致"，这是对死者和伤者极大的不尊重，有严重推卸责任之嫌；第二，建议市政府相关管理机构树立"生命至上"的观念，既要追求效率，又要追求质量，对新千年以来深圳地铁八年施工建设中的事故作一个全面总结。

4月5日，我一整天都在开车。4月6日是周日，我八点多给河清哥打手机，结果那边关机。周一，我刚进办公室不一会儿，市妇联原丽萍副主席就来了。她说："你家乡人在深圳出了大事故，我们都很悲痛。昨天开了一天会，达成了抚恤协议书。你提的建议,领导们基本采纳了。你那姓王的乡亲能说会道,一点也不怯场,普通话比你好多了。"我心里就嘀咕,他是同新叔的崽呢。

鲁迅先生曾说:"家是我们的生处,也是我们的死所。"沈从文先生墓园前的一块大石头上刻着一句话:"一个士兵要不战死沙场,便是回到故乡。"我们为什么要离开故乡?我们为什么要带着一口叽里咕噜的方言受人讥笑冷落?都是贫困惹的祸,都是对美好生活的向往惹的祸。尽管工农差别、城乡差别和脑力劳动与体力劳动的差别有所缩小,但三四十年时间实在无法抹平不发达地区与发达地区的鸿沟。湖南有地利,去深圳的人相对其他省份较多。脑力劳动者融入城市自然快些,而家乡的乡亲作为打工人,虽然看得见高楼大厦的巍峨、车水马龙的热闹,听得见大剧院的咏叹调、音乐厅的交响乐,走得进中心书城席地读书,进得去图书馆读书借书,但绝大多数的乡亲流完汗、流尽泪之后,终究还得回到故乡。

许多年之后,无数的乡亲在梦境中回想、咀嚼着深圳的繁华。

我一直记着刘有成、王利民、王建华、刘新贤、刘正这五个名字,哪一个不是堂堂正正的男子汉,哪一个不是父母的崽、儿女的爹?但他们中的三个在年富力强的时候突然就离去了,刘新贤和刘正恐怕下半辈子也会在无数个深夜惊恐难眠。

曾国藩重视教育,这一传统源远流长。湘中农村每家每户都特别重视取名,一定要取得响亮、吉祥、高大上。留山场王建新叔的儿子叫王攀登,王福生叔的儿子叫王希望,都是我很佩服的名字。

攀登不止,希望不死!

脚踏在祖国的土地上

陈寿生的创业史

生命中突兀而来的段建国消失之后,我听他的话,一直坚持打乒乓球,打得身轻如燕,技艺日益精湛。2008年,华侨城社区举行第一届乒乓球争霸赛,七八十个选手齐聚波托菲诺纯水岸,从早到晚打了一天,我进入前八,碰上克星阿彬才败下阵来。阿彬得了冠军,第二天碰到他,我还气呼呼地说:"要不是碰到你,至少也会进前三。"万万没有想到,几个月之后竟然没地方打球了,水电公司乒乓球室关闭,楼下的乒乓球室,也因为业委会和物业管理"扯麻纱"而无法使用。我惆怅了个把月,就跟着师弟邓卫在酷热的夏天去爬梧桐山,爬到一半就气喘吁吁，只好坚决撤退。然后，我一个人在华侨城的足球场和燕晗山健走，牢记段建国的嘱咐，坚持每天走一万步，有些孤独也有些寂寞。

好不容易托高源和刚强的福，我们拉起了一个队伍，大家都很珍惜也很快乐。邓卫师弟组了一个"爱走路"群，每个周日我们都不再睡懒觉，一个上午走得痛快淋漓，中午再享用一顿湘味美食，每个驴友都心满意足。同住华侨城的师兄陈寿生，晚上隔三岔五约我走足球场，我把绿道上的奇闻趣事告诉他，他一听就兴趣盎然，说下星期也要去。

上大学的第一个学期，我每天下午五点在学生食堂吃完饭，就去灯光球场看篮球赛。看了半个月，我心痒难忍，跃跃欲试。我小学打乒乓球，初中高中一直打篮球，放眼一看这两个灯光球场的球员，我觉得自己至少也在中上水平，于是就瞄准机会上场。一般都是半边场子，四对四打攻防，哪一组率先投进五个球，另一组就自动下场。我打了十来天之后，哪一组都愿意要我，除了机械系81级的黄志坚高于我们几个档次，其他的人我绝不发怵。黄志坚是省少年队出身，我确实搞不定他，但我的弹跳极好。进校的时候我一米六八，就抓得到篮网，过半年吃饱饭了，长到一米七六，就能摸到篮筐了。

那一天，夕阳西下，正是湘中大地惠风和畅的金色十月，我这一组被更强的另一组打败，退下场坐到台阶上歇口气。我边上坐着一个虎头虎脑的小伙子，左手拿着大铁瓷碗，右手拿着一根铁调羹，看到一个好球就敲几下。我就问他是哪一级的，他说78级的。他反问我是哪一级的，我说77级的。看着他虎头虎脑、兴高采烈的样子，我满心欢喜，顺口就说以后一起玩，他斩钉截铁地说要得。

这个虎头虎脑的小伙子就是陈寿生。

寿生是学化学化工的，十四岁就考上了湘潭大学，成绩好得不得了。我牛皮哄哄地忽悠他，纯粹是开个玩笑，不想他就较真了，每个星期都要在篮球场边上聊聊天，在北山上散个步。他大学毕业后到南华大学当老师，大多数学生年纪都比他大，他因此成为全省高校最著名的娃娃老师。他教学和科研俱佳，上课拿着一根粉笔，什么课本都不带，把方程式、分子式和配方等直接写到黑板上，讲得绘声绘色，只是略带一点祁东话的口音；科研方面，他动手能力特别强，经常一通宵一通宵地做实验，每年都有论文发表。眼看离高知只有一步之遥，他弟弟陈冰却心急火燎地在深圳召唤他。干什么？他弟弟讲："哥啊，深圳的大基建已经启动了，你来给我做涂料呵！"

1996年春节过后，寿生来到了深圳。看到深圳热火朝天的建设场面，他很欢喜；看到四季姹紫嫣红的自然环境，他很惊讶。打虎亲兄弟，上阵父子兵，弟弟来深圳早，市场销售能力超强，眼光毒辣，一眼就看穿大基建的商机，一下就想到鬼聪明的专家哥哥。寿生作为公司的首席科学家，全心全意搞科研开发，十来年间竟然成功申报了上百项的专利发明。兄弟同心，其利断金。也就三五年，展辰化工就成了深圳人耳熟能详的大品牌。

　　1998年，湘潭大学建校四十周年。深圳的湘潭大学校友一致推举袁铁坚做创会会长，在华发路乳鸽王餐厅热烈庆祝母校四十华诞，我赞助了大几百本校友通讯录。在餐厅的几百号人里，我一眼就发现了寿生，赶紧亲热，分手时说好常来常往。不想过了两天给他打电话，他气呼呼地说："骗子，你看看通讯录，明明比我年纪小，明明比我低几级，还骗我叫了你很多年大哥，懒得给你讲了。"我也生气了，回他："我骗了你吃，还是骗了你钱？我带着你玩，带着你运动，还错了？"他就挂机。

　　过了一两个月，他想通了，重续友谊。我看着他们两兄弟在深圳发家，事业越做越大。深圳展辰集团先后在深圳、北京、上海、青岛、成都、福州、濮阳、珠海和越南胡志明市建立九个生产基地,每一个基地都是一二百亩的高科技园区。展辰新材旗下有"展辰""富臣""经典"等多个品牌,"展辰漆"已成为中国家具漆第一品牌,在国内市场份额遥遥领先;"经典漆"已成为全国知名的装修涂料品牌,近几年连续成为房地产开发企业首选的供应商品牌之一;"展辰工业漆"作为战略业务,正快速崛起。

寿生兄弟俩二十多年,脚踏在祖国坚实的土地上,一个园区又一个园区地开发,一个产品又一个产品地推出,每一个园区都绿色环保,辐射一大片区域;每一个产品都精雕细琢,将美丽覆盖在建筑上,将色彩定格在家具上。他们做着一项美丽的事业,以科学报国,以实干报国,为祖国的富强添砖加瓦。1999年,寿生兄弟和父亲陈昌世老先生慷慨解囊,无私捐赠200万元设立"昌世助学基金会",把关爱的目光投向贫困学生。基金会成立二十三年来,先后奖励资助贫困学生1600余名,金额500多万元。基金会捐资300多万元,为肖家镇小学、文明铺镇狭江完全小学改善办学条件。2018年5月,展辰新材料集团股份有限公司捐赠200万元,在母校湘潭大学设立"展辰新材奖助学奖"。他从母校回来的那个晚上,兴高采烈地约我到燕晗山走路,他一直在哼着一首歌,我认真地辨认了一下是《奉献》。哥儿俩就放开嗓子唱:"长路奉献给远方/玫瑰奉献给爱情/我拿什么奉献给你/我的爱人/白云奉献给草场/江河奉献给海洋/我拿什么奉献给你/我的朋友/我拿什么奉献给你/我不停地问/我不停地找/不停地想/白鸽奉献给蓝天/星光奉献给长夜/我拿什么奉献给你/我的小孩/雨季奉献给大地/岁月奉献给季节/我拿什么奉献给你/我的爹娘。"这歌吼下来,让我们想到母校南山北山林间清爽的风,教学楼走廊上低垂的晚霞,深夜睡不着觉的学子夜跑的脚步声,还有初春梧桐树发芽的嫩黄……

最重要的是,只要不出差,寿生风雨无阻、雷打不动走绿道。

我们的队伍越走越长

梅林绿道的魅力着实强大。师弟邓卫在20世纪90年代就已攀遍了深圳和香港的所有山峰,无数次穿越了大鹏的东涌西涌,却被按倒在梅林绿道上。前同事欧阳林之前住在梅林,一年上梅林水库也就三五次,"爱走路"群一成立,他一年至少要走梅林绿道五十次。王雷、余萍、萧侨中、童志雄、宗海志卢慧夫妇都住在梅林附近,于老师和张老师也在福田,我和寿生、彭卫、伯群、平辉在南山,稍远一点。每个星期我们翘首以盼，等着周日的早晨。

我们一路谈股票，"谈股论金"始终是深圳人乐此不疲的话题。"爱走路"群中，至少有四人经历过"深圳股市8·10事件"，大风大浪都经历过，上周的股市动态必定要回顾一番。有人赢利便兴高采烈，有人亏损则默不作声。想不到2015年发生股灾，持续到2016年年初的熔断机制，我们所有人都被割了韭菜，损失惨重。从此以后，我们心照不宣，绝不再相互推荐股票了。股市是经济的"晴雨表"，后来的这些年我们确实没有看到像样的牛市。

我们总会谈谈深爱的深圳，赞颂深圳十大观念的卓越，夸赞华侨城主题公园的精彩，细数移民城市的种种优势，探讨哪座建筑令人震撼，哪项政策睿智英明。同时，也吐槽深圳的道路频繁翻修，深圳的河流总是黑臭，深圳的内涝老是除不了根，深圳基础教育的差距。深圳的领导都听得进意见，不讲闻过则喜，但绝不会文过饰非，多数情况下都能迅速应对。在梅林绿道上，常能见到市一级的主要领导，如京生、穗明、庆生等常委及陈彪副市长，我们最多打个招呼，绝不惊动他们。

市委政策研究室的欧国树处长是我大学同班同学，我前脚来深圳，他后脚便随他太太而来。以前每一两年才见一次面，自从走了梅林绿道，一年能见上十多次。我这才知道他是一位大收藏家，竟是启功先生的入室弟子，真是深藏不露呵。我去过他家两次，第一次去探营的时候，他太太说："老聂，求求你，给我卖掉几件东西，我脚都伸不出去了咧。"无数个柜子无数个盒子，都顶到了天花板上，坐的地方都没有。第二次是带着王鲁湘老师一同前往，王老师看了三四个小时，一直在啧啧称羡，马上就联系了嘉德国际拍卖公司王雁南总经理。我不懂这些藏品的价值，老欧顺手把他脖子上的红山文化太阳神玉佩借给我，说今年（2012）是我的本命年，避避邪吧。我戴在脖子上嘚瑟了三个月，有好几个人说值几百万，我太太一听，逼着我赶紧还他，说赔不起呵。

李忠红医师是我"听出来"的朋友。我们十几位驴友走在梅林绿道上，与他同向而行擦身而过的时候，他一句"嬲哈醒"，让我无比亲切，我就问他："你骂哪个哈醒？"他就羞涩地笑，说是开玩笑咧。邵东话的"哈醒"是傻瓜，如果在哈醒前面加个"嬲"字，就不文雅了，甚至会引发斗殴。我们很快就成了好友，原来他还是一个大医院的院长。每次碰到他，弟妹必伴其左右，四五个小弟有的背井水，有的提电磁炉，他们定会在绿道边的亭子里品上一两个小时的茶。我们也不把自己当外人，定会喝一杯，真是好茶。

而杜少辉医师是我"看出来"的朋友。他和我一样肥头鼓脑，敦敦实实，每一次碰到他都是独来独往，汗流浃背。我主动和他打招呼，不承想一见如故。这哥们儿是市中医院的名医，医学博士、主任医师、博士研究生导师，真应了那句"人不可貌相，海水不可斗量"。在绿道上，他绝不谈医，只谈股票，我们这些韭菜在他眼里完全是一个笑柄。他精通《姚尧股市形态学》《姚尧股市均线学》，牢记巴菲特股市投资策略，将《漫步华尔街》中的缠论与新威科夫操盘法奉为圭臬。他技术精湛，一击必中。我估计他靠炒股赚了一点钱，追着他问，他说只做长线补充一点家用。记不得是哪一年，我们集团高管在云海山庄开务虚会，清早和同事散步，我在海边的陡坡上滑了一跤导致踝关节骨折。到市中医院打石膏时，挂着拐杖经过他的工作室，竟见有五个博士在那儿实习，摸脉的摸脉，看舌头的看舌头，问话的问话，写处方的写处方，而杜医师像神一样闭着眼睛，时不时说一两句。最可笑的是，他坐着一把大椅，双肩上套着一副钢架托着他的下巴和头。门外排着五六十个患者。我真的从未见过如此神奇、如此厉害的人。

杜医师对待患者如亲人一般，谨遵国医大师邓铁涛和扶阳学派领军人物卢崇汉的教诲。他从不开高价药，绝不说忽悠人的话，一身正气，见义勇为。2020年新冠疫情肆虐之时，他带领自己的团队开展线上义诊，提供免费咨询服务。从腊月二十九忙到四月下旬，运用《伤寒论》经方治疗了近六十名确诊或疑似新冠患者，屡获奇效。

一条绿道，虽每周仅走一次，但已坚持了整整十年。这十年间，演绎了多少悲欢离合的故事啊！

萧干的故事

萧干和高源都是湘潭人，又同时考入湘潭大学77级历史班和中文班。毕业后，萧干留校当团干部，再读研究生当历史老师，1990年前后到美国"洋插队"。二十年的"不动摇、不懈怠、不折腾"让中国经济插上腾飞的翅膀，萧干和无数洋插队的国人开始回国投资。2010年秋季，萧干与原三湘公司领导文总一同回到深圳，组建了一家房地产中介公司。高源、陈林、刚强等七八位校友都出资成为小股东。然而，萧干和文总已经不懂中国国情，极力想对标美国，但"橘生淮南则为橘，橘生淮北则为枳"，当然事业就做得很不顺利。高源和刚强带着萧干走绿道散心，向他讲述中国改革开放的成就，并说萧干去美国是错误的选择，二十年都在打工，他们早已是老板了。萧干听得一愣一愣的，旁边的人就添油加醋地忽悠他，问他去过东莞没有，在深圳找过小三没有，就这样把萧干拉下了水。

萧干觉得自己吃亏了，觉得自己在美国的奋斗是一泡屎，他一定要补偿自己。就像老房子起了火一样，年过半百的萧干开始放飞自己，天天做着玫瑰梦，最后青瓷茶舍的一个十七岁的女孩也被他勾引了。这一行为被女孩的叔叔发现后，他差点丧命。最后，他赔了几十万元作为青春损失费，才回到纽约。

刘午强的故事

也是在 2009 年，刘午强来到了深圳，我已经不记得是哪位校友推荐给我的了。然后，他经常开车到我家楼下的足球场陪我散步。他当时也就三十出头，一副憨厚淳朴的样子。走了几个月后，我得知他是湖南商学院的本科毕业生，湘潭大学经济系研究生肄业。我问他原先在哪里工作，他说一直在广州炒期货。我说："炒期货风险很大，资金要求也高，你年纪轻轻能搞得定吗？"他说他没出资金，是湘乡的几个老板集资三千万让他操盘，前几年做得还好，每年都分给他几十万元，但去年金融危机全都赔进去了。我瞪大眼睛，问："三千万全都赔进去了？"他说："是的。"

我问："那怎么办？"他说："那有什么办法，只能跑路呗，换一个手机号到深圳来重新开始呗。"

那天晚上，我遇到了最厚颜无耻的人，或许也是情商智商最低的人。那一刻，我心里非常不满，恨不得直接扇他几个耳光。从此以后，我就彻底疏远了他。高源和刚强发起走梅林绿道时，刘午强跑前跑后、屁颠屁颠的，我直接跟一众兄弟说他不堪大用。高源和刚强觉得校友会需要有热心人，就封他做校友会副秘书长，对此我嗤之以鼻。但刘午强脸皮厚，一如既往地端茶送水、跑前跑后。幸亏高源和刚强到湘潭发展去了，不然很可能也会被他骗得倾家荡产。他跟着我们走了四五年的梅林绿道，一两年在投资公司工作，一两年当银行经理，一会儿说做股票发了大财，一会儿又背着一麻袋的古董要我们鉴定，我们岿然不动。后来，他就被抓了，据说是因为非法集资一千多万，已经坐了七八年牢了，估计还要坐好多年。

他被抓时刚刚和一个银行职员结婚，进监狱的时候，他太太生了一个女儿。据说，很快他太太就辞掉了工作，抱着女儿回重庆去了。

喜欢折腾的两兄弟

我有一个师兄叫高源,还有一个师兄叫刘刚强。

高源的父母参加过解放战争,从东北黑龙江一直打到广西凭祥市,20世纪60年代初转业到湘潭市。高源的娘是长沙人,高源的爸特别喜欢红太阳升起的地方。刘刚强是土生土长的汨罗弼时镇人,一讲起家乡的伟人任弼时,他总是滔滔不绝,收尾的话总是"真可惜呵,他死得太早了"。1977年年底恢复高考,第二年春季高源考入湘潭大学77级中文班,秋季刚强考入湘潭大学78级中文班,然后两人就结下了生死不渝的革命友谊。

高源大学毕业后被分配到湖南省政协文史委工作,刚强读完研究生后被分配到湖南人民出版社。几年过后,高源当了文史委的处长，刚强则成了文化编辑室的主任。1992年邓小平南方谈话之后，我去了一趟深圳拍片，看到那里一派欣欣向荣的大好形势。回到长沙后，我带着师兄刚强和振宇一起去了深圳。过了一年，与刚强形影不离的高源也来到深圳与我们会合。

刚强一直在《深圳法制报》当主力，从记者做到新闻部主任，再做到党委副书记。高源是龙岗区人大代表、财经工委副主任，做了差不多十年就下海经商，成立了深圳市凡恩时装公司。令人意想不到的是，这家公司竟然很快跻身深圳十大时装品牌之列，排名第七，凡恩牌时装风靡全国。2006年《深圳法制报》并入深圳报业集团，也不知什么原因就休了刊。年过五十的员工都以优渥的待遇提前退休，五十岁以下的员工就消化在报业集团的各个报社里，刚强已经五十五岁了，高高兴兴地提前退了休，注册了深圳市柔之商贸公司，为政府机关和企事业单位提供纸品服务。刚强者，柔之也。刚强知止，要求自己悠着点，不再刚猛精进。

柔之商贸公司注册在福田区梅林街道凡恩大厦。开头几个月，刚强认真制定了规章制度，招聘了英俊漂亮的业务员，并亲自带着他们抓订单。刚强穷苦人家出身，善良勤快，急公好义。有难事找刚强，有好事也要找刚强。1996年我和刚强同时搬到福田区益田村，来自汨罗弼时镇的打工人络绎不绝，至少有几百人住过他家。他一直在接故乡子弟来深圳的路上，也一直在送故乡子弟去用工的路上。有一天晚上，我有点急事找他商量。敲开门后，竟然齐刷刷地站起十几个汨罗家乡子弟，客厅的沙发上地板上都是毛巾被和草席子。我这大半辈子看到的最善良勤快的人，就是刚强兄。

刚强有无数的朋友，做记者时帮过无数弱小者，做领导时和群众打成一片。因此，他公司的业务几个月下来就大有起色。谁不喜欢刚强呢。公司走上正轨后，他聘了一个张姓副总，他负责电话公关，张副总就跑跑腿拉拉单。然后，刚强和高源这对油盐坛子开始放飞自己，刚强每天教高源下围棋，教了个把月高源不感兴趣，转教麻将，高源一个星期就上了瘾。恰好一个低年级校友陈林看中了锦绣中华民俗村停车场边上的一栋房子，他开的建筑设计公司拿了三分之一的物业，高源和刚强就约了八个校友把剩下的物业全部拿下来，整成一个会所，校友胡刚（笔名浮石）献出他的畅销书《青瓷》作为会所的名字，母校中文系主任季水河先生还送来一副门联：青浮智慧之水，瓷乃文明之源。会所里有七八间包房，吃饭、喝酒、麻将"一条龙"服务，俨然成了湘潭大学深圳校友聚会的圣地。

高源下海早，太太年轻漂亮很能干，财务早已自由。刚强一直拿的是事业单位的工资，嫂子还在跟着我做杂志。刚强犯了大忌，没有事无巨细地盯着柔之商贸公司，而是三天打鱼，两天晒网。他聘请的张副总便放开手脚把业务拉到了自己手里。所有校友都义愤填膺，想要把张副总送进牢里。但善良的刚强却放了他一马。经过一年多没日没夜地打麻将后，高源和刚强深刻反思并吸取了教训。他们决定不再玩物丧志，于是发起了走梅林绿道的倡议。他们要先练好身体，再干大事业。

高源和刚强振臂一呼，应者云集。一下就整出一支二三十个人的队伍，骨干有十来个，高源和刚强是旗手。队伍中有从纽约回国淘金的校友萧干，从东北调过来的于老师和张老师，好友王雷、欧阳林、萧侨中、余萍、彭卫、陈伯群，师兄陈寿生，师弟邓卫、刘心武，高源太太的亲戚邹平辉教授，我的小舅子宗海志和他夫人卢慧，刚刚来深圳的师弟刘午强等。每个星期天上午八点半，大家在梅林水库下面的停车场集合，爬上堤坝，就能看到一库碧水，白云大片大片地映在水面上；就能看到满目青翠的梅林山，无数的鲜花在绽放，无数的鸟儿在歌唱。我们大多数时间走到憩窝驿站，来回十六里路；有时不过瘾，就走到西丽湖长源村，来回三十里路。

自然的绿道全世界都有，人工的绿道全世界也有，但人工的绿道必然是物质生活和精神生活达到新的高度的重要标志。中国城市绿道的概念落后于西方发达国家大概三十年。新千年之后，深圳大规模启动绿道建设，凭借良好的气候条件和自然环境，后来居上。

　　毫不夸张地说，绿道是无数深圳人幸福的源泉。然而，走了大半年绿道的高源和刚强，作为召集人和旗手，却率先撤出了。为什么呢？说来话长。2007年，长株潭被国务院批准为两型社会建设示范区。2008年，湘潭大学深圳校友会各项工作风生水起。袁铁坚和高源都是77级中文班的佼佼者，也是湘潭大学深圳校友会的创会会长。他们整合校友资源，计划去湘潭昭山办一个集商业、学术、文化、旅游、房地产于一体的项目。高源做了一个高屋建瓴的方案，计划以昭山国学院为基地推进"一揽子"计划。地方也看好了，湘潭余市长也很支持，市商务局李局长亲自推进。然而，因长潭之间修建芙蓉大道，那块地皮被征用，项目就搁置了下来。到了2010年下半年，全国招商引资掀起高潮，湘潭市商务局李局长调任市国资委主任，第一时间打电话给高源，说湘潭市区拥军路边有一块地，要高源整合湘潭大学校友会资源开发这块地。位置不太好，但条件非常优惠。于是，双方又开始合作，与湘潭市国资委下属的湘潭振湘投资管理有限公司成立合资公司，取名湖南玉湘鹏投资发展有限公司，由湘潭大学校友联合控股。一切都按部就班地展开，项目就叫作湘潭国际投资大厦。

高源、刚强、陈林、王冬梅等骨干信心高涨。和我们告别的散伙饭在梅林聚湘福茶楼热烈举行，所有的人都举杯祝福高源和刚强发大财，高源和刚强志得意满，来者不拒。

高源和刚强离开绿道之后，湘潭国际投资大厦这个项目进行了大半年。然而，湘潭市国土局提出，市国资委在拥军路的这块地，市里另有规划。于是，主动提出用一块位于湘潭金融商贸开发区一条主干道十字路口的黄金地块与他们置换。两位老书生不知深浅，就同意了。又开始请专家做方案，又开始准备盛大的奠基仪式。项目改为双子楼，名称改为湘潭国际投资大厦暨湘潭国际商会大楼。忙活了一年多，市国土局、规划局，以及当地一家大型房地产公司以各种理由阻碍项目推进。牵线搭桥的市国资委李主任在关键时刻又被免去了职务。高源和刚强等一干人，喊天天不应，叫地地不灵。

歌德说，换一个时代，就换一批鸟儿，换一种歌声。在短短五六年时间里，湘潭换了三个市长、两个书记。一线城市有一线城市的好处，至少深圳的招商引资有章可循，成效显著。但三四线城市的招商引资就多少会变样。聪明人讲，好多地方的招商引资就是三部曲：先是"肉包子喂狗"，然后是

"关门打狗"，最后是"狗不理包子"。高源和刚强牵头的这个团队，恰好陷入了这三部曲的绝境。前期投入的千万资金被死死套牢，两三年的申诉、疏通、官司等花钱如流水，最后还是只有忍痛放弃。在这个团队中，除去各家的房产，高源算是千万富翁，其他的骨干也就一二百万身家。刚强兄抵押了自己的房产才凑齐二百万，其他几个骨干都是向亲戚和朋友借钱，形成了一个长长的伞形信托。得知项目取消之后，相关人员的亲戚和朋友一片鬼哭狼嚎，寸步不离地盯着这个团队的动向。

2015年正月初一，我按惯例，上午给师兄刚强打电话拜年，无异常。下午我太太给蒋大姐打电话聊天，讲了几句就传来了蒋大姐压抑的哭声。我太太说肯定出事了，我们马上从华侨城开车到益田村。一进门，看到的就是他们夫妇抱头痛哭的场面。大姐擦干眼泪，默默地递上诊断书。我认真看了三遍，"鼻咽癌""癌细胞已侵蚀到头骨"，触目惊心。刚强擦干眼泪，说："雄前，你不用管我了，我过两天就回汨罗去，汨罗待不住就到广西巴马去看看，不给你添麻烦了。"我狠狠地批了他一顿："扯淡！屁话！第一，医学如此发达，小小的鼻咽癌还搞不定吗？鼻咽癌俗称广东癌，广东病发率较高，东南亚的人得了这个病都能在广州治好，你看看你身边有几个死于鼻咽癌的？我告诉你，你不是吓大的，你是湘大的！第二，急急如律令，速叫刘震回来，养儿防老。刘震已在加拿大学习工作十来年了，立即回，速速回。第三，赶快联系广州中山医科大学，第一时间做手术。钱不是问题，医保会出大头。去广州就医，我会安排司机接送。"

我问刚强："我说清楚了没有？"他说："说清楚了。"

回到家里，我吓出了一身冷汗。两年前，高源在刚强六十大寿的宴会上有个总结，说刚强脑袋大很聪明，鼻子大有官相，耳朵大有福气，至于个子小是因为他含金量高，因为浓缩的往往是精华。当时所有的人都高度认同高源的总结，掌声雷动。想不到三年过去，刚强竟患上了恶疾。想想铁蛋一样的刚强，想想他打麻将时每晚嚼两包二十颗槟榔、喝三大杯浓茶的样子，想想他通宵达旦转圈圈看牌、忙前忙后服务的那些画面，就明白自己的身体比不上刚强。既然刚强都不强了，我开始意识到要收敛玩心，从此再不摸牌、再不喝大酒、再不熬通宵。

高源独自收拾残局未果。目睹刚强师兄家风雨飘摇，看到一众校友愁眉苦脸，我生出一股豪气，着手湘潭方面的工作。也是上天有眼，湘潭市委新书记上任了。我和他是有十来年交情的铁哥们儿，同一层楼住过，同一年上大学，同一年研究生毕业，同在一个球场踢球。被分配到长沙后，他在省委大院做杂志编辑，我在省委大门外写评论。我因家累逃到深圳，也一直和他有联系。我把所有的情况都如实通报给他，请他公正处理。或许是2014年湘潭市招商引资环境测评打分排在全省地市级倒数第一，极大地刺激了新书记正本清源的决心；或许是某些湖南人喜欢的口头禅"不杀朋友杀哪个"让人深恶痛绝，激发了湘潭大学众多校友的同情心，最终，高源和刚强领衔的团队挽回了不到百分之五十的损失。

高源卖掉了一套坐落在香蜜湖国际公馆、价值两千万元的豪宅用来还债，搬到了郊外大梅沙那边的万科东海岸小区居住。他的举动体现了一个善良男人的高贵风度。刚强治疗大半年后基本康复，但六年后病情复发，卒于2020年11月25日。

2020年，受疫情影响，整个驴队实行静态管理。2021年彭卫担任"健步燕晗山"的群主，骨干人员都在，还来了一大批新人。我们的队伍越来越壮大。在华侨城美丽的绿道上，我们常常谈起刚强和高源。

差点忘记了，刘震在父亲病发的三天后就从加拿大赶回到了父母身边，事亲至孝。如今，刘震的儿子都已经会打酱油了。而高源经过这一役，变成了诗家高手，担任了鼎鼎大名的深圳长青诗社的社长。他的近体诗写得出神入化，金句迭出，我很佩服。

最后一滴泪

一

1996年4月4日下午,我接到导师女儿萧娟的电话,她说她父亲快不行了。我心急如焚,便约了同在深圳工作的师兄刘刚强和汤亚平,约定在火车站会合。20世纪90年代的深圳,到长沙只有一趟直通空调列车,晚上七点发车,早上七点到达;长沙到深圳也是这个时间,其他所有列车都需要在广州中转。四年间,我坐这趟列车已不下二十次,熟门熟路,睡一觉醒来便到故乡,再睡一觉醒来又到他乡,我很喜欢这种如梦一般的感觉。但这一晚有些不同,有着与生俱来的殷勤、体贴和快乐天性的刚强兄,尽管依然为我削水果、买饮料、打盒饭,但脸色凝重了许多。一路上，我们几乎无话。我望着窗外黑漆漆的世界和零星的灯光，想象着导师在病床上的挣扎，祈祷着他老人家还能和我说最后几句话。

4月5日早晨七点，我们准时到达长沙。乘坐的士直奔河西的湘雅附三医院，大概花了一小时。病房里一片寂静。推开门看到的是抢救后的一片狼藉，萧元、萧娟兄妹坐在他们的父亲床前低泣。刚强和亚平与萧元和萧娟兄妹握手，我径直走向床前，握着萧老师的手痛呼，老师皱着眉头一脸痛苦，微弱的呼吸若有若无。然后，一滴晶莹的泪珠就滚落出眼眶，慢慢地、慢慢地流淌在左眼睑上，一动不动。我们五个人一下哭成一片，萧娟哽咽着对我说："他是在等你呀。"

这是萧艾先生的最后一滴泪。

二

导师真是个好导师！从1985年9月到1988年6月，我们师兄弟五人一直在湘潭大学南阳村教授楼东门二楼右侧的萧艾先生家受教。他教我们骈体文，我兴高采烈地写了一篇《从四言，六言到四六骈文》，被他批了"瞎胡闹"三个大字；他教我们研究王国维，当时复旦大学蔡尚思教授在《文学遗产》杂志上发文批评他的研究成果，我以三脚猫功夫杂糅时兴的理论写了《论王国维之死及其悲剧意义》，他批了"有点意思"但坚决不准我投稿；他给我们讲《文心雕龙》，说范文澜先生的注释本较好；给我们讲魏晋玄学和《世说新语》，讲述人的自觉和文学的自觉如何构成对极权统治的回应；他偶尔兴之所至，也会讲讲甲骨文的研究趣事和古代思想史的发展脉络。每周至少四堂课，每一堂都在三小时左右，他讲得抑扬顿挫、口若悬河，我们听得如沐春风、如食甘饴。有一年学校发动名教授给本科生做讲座，萧艾先生讲"马克思主义与甲骨文研究"，文史类的老师和学生去了许多，竟没有一个提前离场的，这是我在湘潭大学七年所仅见。但导师被我认定为好导师的原因，是我记住了他三句话，并且受益一生。

第一句话，是他在课堂上认真告诫我们这几个学生的："一天中你一定要留十分钟、二十分钟静静地想想自己，到底干了些什么，做对了什么，做错了什么，不能一天到晚脑子里乱哄哄的。"这是儒家"吾日三省吾身"的修炼功夫，我当然知道。但由老师这样正式严肃地告诫，我着实吃了一惊。我出身乡村，家境贫困，父母四十多岁才生下我，加上从小学习成绩就好，因此难免有些骄纵。大学本科期间，经常言语不合就动手，一副小霸王的丑恶嘴脸，班委会和团支部都开过民主生活会批评我。老师这一句话真真切切地打动了我，这半辈子我没有做到"吾日三省吾身"，但每临大事、要事、难事、烦事，我都会静静地想一想，想一想就没有过不去的坎儿，想一想就不会犯更大的错。老师的这句话肯定也给上一届的研究生讲过，刚强师兄提前退休后和校友合办公司，投资湘潭做房地产生意，一定要把公司的商号注册为"日三省"，我极力阻止，要他静一静，要他静静体味"日三省"作为商号的歧义，他硬着脖子就是不听，最后差点倾家荡产。

第二句话，也是在课堂上他告诉我们的："做人要厚道，作文要刻薄。"他说古往今来的大家名家，没有一个不是直抵人心的。一部《古文观止》细细地读一遍，静静地体味作者的心理和当时社会的情势，大多数都会读出汗、读出泪来；读读鲁迅，那种狠劲，写人所不敢写，发人所不敢发，他做人却不是这样的。我做人自认还算厚道，但老师这一句"作文要刻薄"犹如醍醐灌顶，让我从大学期间的浅吟低唱、为赋新词强说愁的状态中解脱出来。1990年我在《湖南文学》杂志上开设"文学湘军七小虎"的评论专栏，写到一位岳阳作家，以《蜘蛛网下的痛苦反弹》为题解剖他的创作心理，写得有点狠，引来了他一封达十多页的来信争辩，然后他就从我的生命视野中消失了。1998年我写了《消失的自然》和《绝对的错误》两篇评论,都是评李佩甫先生的小说,前一篇针对《学习微笑》,后一篇针对《羊的门》;前一篇是高度肯定,有大报记者转来李先生四卷本作品集和问候,后一篇是对《羊的门》的批评,据发表此文的编辑萧元说,李先生有点不高兴。今天写这两段遭遇,是想告诉九泉之下的导师,他这句话我也记住并践行过,只是觉得有点难。

第三句话是:"你一定不要小觑人性的恶。"这一句话他是对我一个人讲的。1991年5月,在《湖南文学》创刊四十周年的特刊上,我应邀写了《从文化重振的梦想到文化失范的惶惑》,评价新时期湖南文学的创作成就。因该文肯定残雪、徐晓鹤的探索,并歌颂寻根文学中的人道主义,我遭到一批作家和评论家的围剿,他们甚至将此事状告到中宣部。随之,批判我的文章从《理论与创作》杂志到《文艺报》发了数十篇。萧老师秋季到省政协开会时,把惶惶不可终日的我叫到九所他住的房间。他说,文章他已经读了,没什么事。他问了我哥病逝的全过程,说送到湘雅附二医院送晚了,然后叹气,用手帕擦泪。在送我出门的时候,他指着我说:"小聂,你一定不要小觑人性的恶!"我一惊。他接着说:"你们单位就有坏人,我从洞庭湖监狱里出来被安排到湘北某地教中学,有个人一直整我,就因为我课讲得好,竟然不断指使学生欺侮萧元、萧娟兄妹。"我至今都不知老师所指，但相对单纯的我第一次对人性的恶有所警惕，这警惕当然也包括对自己的恶的警惕。

三

你一定不要小觑人性的恶！

"大盗萧元"，是央视新闻周刊和搜狐文化两大媒体对萧艾老师儿子的定性，也是全国媒体众口一词的定性。这个定性当然很正确，我推翻不了，也不想推翻。但我不想让萧元成为不齿于人类的狗屎堆。三十年前，萧元将徐晓鹤小说中一句"那一筒由于特定的历史条件而齿于人类的狗屎，难道真的是狗屎么？"（《自言自语——萧元文学评论选集》，湖南文艺出版社1998年版，第10页）特别地拎了出来，在"特定的历史条件"七个字下面加了着重号。我想，萧元冥冥之中已预见到自己的结局，但他到死都有不甘和哀怨。

我和萧元的第一次见面在1985年冬季，导师和系里的另一位教授发生抵牾，那位教授的女儿女婿都在系里当老师，女儿为老父出头，在菜市场当众辱骂萧老师。萧老师一气之下病倒，萧元从武汉大学赶回。那天下午，系主任羊春秋教授、系总支书记马国兴齐聚萧老师家客厅做调解。萧元那真是英气逼人，穿一件皮上衣，着一条牛仔裤，脖子上还围着一条格子围巾。他带着益阳口音的普通话说："你们告诉姓×的，两个上就两个上，三个上就三个上；拳击就拳击，格斗就格斗，我一个人全包。他们必须道歉！"这段话给我留下了深刻印象。二十岁的我，真的是第一次看到这样的真人、猛人，还会拳击和格斗，我真的是被震撼了。那天的调解过程和结果，我已经记不清了。但萧元却大大满足了我年少时的英雄崇拜情结，特别是在送走羊老和马书记等人之后，从导师紧闭的书房中走出俩帅小伙，一色的皮上衣，一色的牛仔裤，活生生一幅电视剧《上海滩》的画面，我更加佩服了！几年以后，我去《湖南经济报》找研究生同学罗毅玩，碰到了其中的一个，我指着他问："你是萧元的朋友？"他笑着点头。他是胡晓沙，当时是《湖南经济报》的副总编辑。

20世纪80年代的大学校园，被许多同龄人描述为如诗如画，学子勤奋单纯，老师焚膏继晷。其实这是美化了。老师大多数是从五七干校和牛棚里出来的，尽管大多名校出身，但岁月已荒废了他们不少学问；学生们呢，和我一起读书的同学中，大我十岁、二十岁的比比皆是，怎么可能个个心地单纯？相反，过去岁月里的每一次运动、每一场饥饿，都会为这些人积累生存的本领。师兄袁铁坚在回忆他的导师彭燕郊先生的文章中，讲到这位伟大诗人的人格分裂："他对极左的东西疾恶如仇，而当时的许多领导由于历史的原因会按照'左'的思维去处理有关问题，他是名人，又是大教授，自然就会去找他咨询。但祸从口出的痛苦经历又告诉他，在公开场合，该说的话不能说，甚至要反说。"

在我的三年研究生生涯里，我两次当萧老师生病住院的陪护人。第一次在校医院，就是萧元回来那次；第二次在湘雅附二医院，这次住院更加离奇。那是1987年的春季，一位经济系研究生无端造谣诽谤萧老师的女儿，竟然引起校园内一片飞短流长。更离奇的是，系党总支新书记态度暧昧，分别找许多研究生谈话诱导，搞得人心惶惶。老师中年丧妻，在校图书馆工作的女儿是他一把屎一把尿带大的掌上明珠。老师因此一口气就把高压顶到了二百，直接被救护车送到长沙。天天随侍在侧的我感到他几乎在一夜之间就明显地老了。这件事最后不了了之，其后果是萧娟和我最后一次见面时已年逾四十，依旧单身一人；而那个造谣的小人却成了中国经济学界公认的大忽悠和大骗子。

比起彭燕郊先生这位伟大的诗人和全国人大代表被整得灰溜溜退休，萧老师算是幸运的了。萧元在接受诗人杨黎的对谈中说："我几乎从未听过我父亲的教诲，就因为他自己虽然被主流文化排挤、打击和压迫了一辈子,却被同化得一塌糊涂,还总是要拿主流的那一套来教育我。后来轮到我做父亲了,对不起,我就用和学校教育完全背道而驰的那一套来教孩子。比如,从小就教孩子遇到起火或者小朋友落水了赶紧躲得远远的,因为你既不是消防员也不会游泳;看到集体的木头被大水冲走了,你连看都不要看,因为全世界的木头也没有你的命值钱;无论谁掉进了粪坑都别去救他,那样除了淹死自己,还要死得臭不可闻……如此等等,这样我的孩子才万幸没有成为一个小烈士,而我也没有当上英雄爸爸。"(《大盗萧元:地球有46亿年,人生是个大悲剧》)这一定是萧元的原话,他给我讲过,我想象得到他的郑重其事、他的一脸戏谑。

萧老师给我讲的那三句话,他一定给儿子讲过十遍,拆烂了讲,包圆了讲。萧元也一定记得,但萧元就是不认,就是要对着干。这是一种怎样的乖离!老师十六岁从湖南偏远山乡宁远县走出来入读上海持志大学,十九岁出版第一部专著,二十七岁成为西江文理学院副教授,三十三岁担任湘雅医学院院务秘书长兼马列教研室主任。一生除去被打成"胡风分子"坐冤狱的那几年,其他绝大多数时间都与文化教育事业为伍,但他却教出了一个绝不听他教育的儿子。我想,萧元的叛逆，一定与他年少时作为"狗崽子"的悲惨命运有关，一定与老师践行"读书非为己，学问无所私。人群导师，苍生衣被，持我此志，努力社会无穷期"（持志大学校歌）却遭遇无数磨难的现实有关！北岛的诗《我不相信》，萧元给我背过。

他真的不相信。

四

1987年盛夏，萧元如愿被分配到湖南人民出版社工作，几个月之后，我也开始在湖南省文联实习，并于第二年六月正式入职。如导师所愿，我们在省会会合，开始了兄弟般的共事生活。

"萧元走上文学评论这条荆棘小道是我之罪。十年前，我在湖南担任一家理论刊物的编辑，开了几期专栏讨论徐晓鹤的中篇小说《达哥》，约了好多人，也发了几期稿，但没有几篇文章是我满意的。于是，我想起了萧元，这位在哲学和美术研究等领域均已成气候的师兄。萧元写成的文章就是放在本书开篇的《疯狂世界的恶之花》，是当年那场小规模讨论中最深刻、最扎实的文章。"我的这篇序言记录了我俩的革命友谊的开端。我们所在单位上班时间都非常自由，我一周至少要去河西的人民出版社、文艺出版社和岳麓书社转悠两回，萧元去河东办事时，也一定会拐到省文联坐一坐。我们兴高采烈地交流读书的信息，兴致勃勃地议论哪位作家是水货。我们想把作品扎实但一直不温不火的肖建国搞红，就干了几个通宵，一人一篇大评论，投到安徽省《百家》杂志上，引起巨大反响。我喜欢残雪的小说，但几次下手都不得要领，就一本正经地交代他："萧元同志，这个碉堡就归你炸了！"我做梦都没想到，萧元竟在三年之内写了七篇关于残雪的文章！

1989年冬季，我和女友准备结婚，左等右等老家的哥哥支援木材，但信写了无数封，我那正在拼命赚钱的哥就是不理会。这个时候又是萧元挺身而出，不仅帮我搞到一些板材，还介绍了两位熊姓木工师傅。这件事，当然是我生命中的重要事件。

就在这一年，他生命中也发生了一件大事。大概是10月吧，他走进我办公室，神神秘秘地对我说："我要离婚了。"我大吃一惊，回了一句"你昏了吧！"就等着他讲下文。他告诉我，他爱上了新闻出版局的一位同事，那位同事很漂亮，很能干，局领导出差都带着她。我说："小艾也很漂亮，也很能干，你丢下她们母女，她们怎么生活？"萧元说他会处理好，会照顾好，然后又讲那位女士多么时尚、多么会投资理财，接着说，等会儿他就要帮她去存一笔钱。看着他拍鼓鼓囊囊的皮包的样子，我再蠢也知道他生米煮成了熟饭。我拒绝了他请我吃饭的要求，他悻悻而去，而我立即拨通了老师家里的电话。

我读研究生时为老师办的第一件事，就是搭了三四个小时长途公共汽车去益阳办萧元妻子的调动事宜。当时，萧元在武汉大学哲学系插班读本科，他的妻子小艾在我印象中是孤女，当年在资江瓷厂工作——精美的瓷器是用泥巴烧制的，泥巴必须由人或者牛踩得黏性十足，小艾做的就是这份工作。随着老师政治地位的提高（成为湖南省政协常委），省委统战部给了小艾一个调入益阳市新华书店的指标。我拿着这张调令，找到小艾，领着她很快就办好了这事。小艾的高挑美丽和温柔羞涩给我留下了深刻的好感。我认定萧元始乱终弃，因此冷落了他一段时间。

五

在新时期中国图书出版的版图中，湘版图书以"走向世界丛书"为代表，牢固地树立了"湖南人能吃辣椒，会出书"

的光辉形象。但萧元的起步并不顺利，他在人民社干了三四年就转到文艺社。这并不是萧元的能力有问题，而是因为他的自视甚高且特立独行。在《艰难的独白》这篇序文中，我写道："多少年以前，在一个聚会中，我和萧元共同的一位学兄劝诫萧元：'世事洞明皆学问，人情练达即文章。'当时我的心里充满辛酸。今天，读着萧元的这本书，遥遥地想着萧元'两间余一卒，荷戟独徘徊'的孤独背影，我的心里充满悲壮的感觉。"在湖南的每一家出版社，我都有众多的校友，我胸无城府，交友广泛，这些校友，每一个都是看着我在球场上奔跑过来的哥们儿姐们儿，他们都毫无顾忌地在我面前臧否人物。在他们眼里，萧元是才华横溢，但不合群、脾气大、损人不带脏字。有人说文化单位大多"庙小妖风大，池浅王八多"，我当时所处的文联、作协是这样，萧元所处的出版社也是一个闹心的江湖。那位劝诫萧元的学兄在人民社社长位置上被整到牢里坐了一年多，另一位李姓学兄接手后也经常被人喊打喊杀，就连建国学兄如此沉稳包容的仁者，在文艺社社长的位置上也是和人打了一架后南飞花城的。萧元向我抱怨好好的选题通不过，向我描述单位管理的混乱、人事的复杂，到后来他直接给我提出想调到省作协来，"我们两兄弟在革命的同一条战壕里并肩作战吧！"他挥挥手，一副所向披靡的样子。可惜我人微言轻，无法办成。

20世纪80年代末的湖南省文化系统，可用"暮色苍茫，乱云飞渡"来形容。先是莫应丰、叶蔚林、韩少功、蒋子丹、张新奇等一批文学名家南下海南，古华西渡加拿大，再是一批骨干记者、编辑，以刘波、叶之蓁、苏斌等为核心，南下海南做电影《芳华》男主角所干的书刊生意，然后，就是作家水运宪了，他到珠海一趟，竟然拿回来几千万元办信托公司，每天一辆崭新的豪车和三四台崭新的士头皮卡呼啸着进出省作协的小院，我们一院子人的文化自信不再从容。当时我已是创作研究部的副部长，很看重我的李元洛先生力推我做湖南省青年评论家协会主席，并以省作协的名义召集几十位分布在大学、社科院和出版社的青年才俊开筹备会。当时还在吉首大学的龚曙光，后来不幸在中国文联书记处书记位置上离世的罗成琰，当然还有萧元，都参加了会议。参加会议的还有学兄袁铁坚，他当时已是母校中文系的副主任，他偷偷地告诉我，他第二天就去深圳华侨城应聘。那一瞬间，我的心彻底乱了。

1992年4月，我跟着贺大明来深圳拍专题片《最后的村庄》。大明把我带到深圳是犒劳我为他写脚本，他要用这个专题片征服当时的深圳电视台陆台长，但即使当年的电视专题片获了大奖，陆台长也没把他调入电视台。而我呢，已被哥哥病逝所带来的沉重家累压得透不过气来，深圳这片朝气蓬勃的土地迅速将我征服！

我与深圳一见钟情，半天就拿到了商调函。1992年6月我到女报杂志社上班，年底从湖南省作协将档案和户口正式迁入深圳。在回长沙办手续的那几天，我到了河西去找萧元，但没有见到他。转头我就去了人民社刘刚强家里，刘刚强正与他大学同班同学张振宇进行围棋大战。他俩死死盯着棋盘一动不动，我"怒从心头起，恶向胆边生"，一把就掀翻了他们的棋盘。然后，大讲深圳的大好形势，讲得豪情万丈、唾沫飞溅。最后我图穷匕见：你们知道我现在月收入多少吗？两位大哥睁大了眼睛。我抛下一句"明天下午六点火车站见"，就飘然而去。

第二天下午六点，刘刚强、张振宇当然齐刷刷地出现在了长沙火车站。而萧元却阴差阳错地错过了。

六

嗣后的十六年，我一年回老家三五次，赡养年逾古稀的父母，照料年幼的侄儿侄女。每次都是坐晚上七点的火车，第二天早晨到达长沙，再中转回湘中老家。在中转过程中，我总会抽时间去看看萧元、萧娟兄妹。萧元住在河西的望月湖村，萧娟住在相邻的桐梓坡村。看得出来，萧元是起势了。他的学养和勤奋让他在文学评论的荆棘小道上狂奔，他为被误读和被低估的残雪、徐晓鹤和王平等兴致勃勃摇旗呐喊，对红得发紫的王朔、张颐武之流逐文逐段予以批驳。他甚至全情投入重读当代文学名家的工程之中，写出一组令人耳目一新、令我拍案叫绝的文章。理所当然，他声名鹊起，接连获得"湖南省第九届青年文学奖""湖南省第一届当代文学评论奖"，他的作品也被收入《文艺湘军百家文库·萧元卷》。

一切似乎都很好。但萧元给我的印象还是有些激烈和忧郁。得知他父亲入院的消息后，我、刘刚强、罗毅、汤亚平、熊国华等五个学生从三个城市专程去长沙探望，陪了萧老师一整天，而萧元却没露面。临行前，老师握着我的手千叮咛万嘱咐，要我多联系他，劝他平和忍让，这让我潸然泪下。我相信老师从络绎不绝来探望他的学生、老友中听到了什么消息。从附三院的病房下楼后，萧娟把我拉到一边，告诉我她爸前几天教育萧元做人，发生了激烈的争吵。萧娟说："爸都这样了，萧元太过分了。"

而1997年年底他寄给我的《自言自语》书稿证实了这一

点。作为一个非常骄傲的、有才华的、认真的人,在书稿的跋里,萧元写道,结集过程中的检视让他获得"最大的心得,就是越发地感觉到了自己的微不足道"。他先把自己的身段下沉到尘埃,然后再倾诉自己的失意和不满,"这样的文字,不光是作家们不要看,就是干同样活计的批评家也不会去看:作家不会因了我的评论而改换写作的套路,批评家也不会因了我的斥责而停止对人的构陷。所以,这些文字改变不了这世界上的任何事物,说了也白说"。最后他宣示对"话语霸权"的愤怒和"自言自语"的肯定。我读了他的书稿之后,就感到萧元要从荆棘小道上撤退了。在我的序文里,我对萧元以残酷的戏谑和反讽刻意重写陈村的小说《一天》给予激赏,主人公张三用机床冲别针头子的一天,就是他一辈子,也就是他们小人物世世代代的欢乐。从萧元的残酷戏谑和反讽中,我看到了萧元轰隆隆的进取心。

据说世界上的变化是很多很多的。张三的变化却是很少很少的。据说人是不能两次踏入同一条河流的,张三却是一辈子都从同一条河流中踏过来的。张三的师傅以及师傅的师傅都是这样踏过来的。张三的爸爸以及爸爸的爸爸也是这样踏过来的。张三的儿子以及儿子的儿子还会是这样踏过来的。

这是要一点坚定不移持之以恒锲而不舍矢志不渝水滴石穿从一而终等等等那么一股劲的（嘛）。所以要实现平凡中的伟大和伟大中的平凡什么的都是很不容易的。所以像张三那样一辈子做好事活得伟大活得其所活得重如泰山也是很不容易的。冲别针头子的冲床也是要一代一代往下传的。所以做别针头子的传人也是很让人自豪的。（萧元《欢乐英雄》）

对平庸人生的忍无可忍，意味着萧元潜意识中对传奇人生的强烈渴望。多年前，我在一次研讨会上听王富仁先生讲阿Q，他说所有在座的人都对阿Q的"精神胜利法"大加鞭挞，哀其不幸，怒其不争，但将心比心想一想，低贱如阿Q，平庸如阿Q，他没有"精神胜利法"怎么活呀？听得我这个草根心头一热。事实上，自《自言自语》出版后，萧元就开始了他在传奇人生路上的狂奔。

<h1 style="text-align:center">七</h1>

1997年初冬，萧元打电话要我赶快给由他担任编辑的长篇小说《苍山如海》写个评论。他说十万火急，书稿复印件已经在路上，还叮嘱我要写认真一点，《芙蓉》的版面都留好

了。我加了几个夜班看小说,又花了一个星期写评论,搞得手忙脚乱,赶紧给他交差。到来年春天,天天有人给我打电话:"小聂呵,你在《人民日报》上发表的文章很不错。""老聂,恭喜呵,你在《文艺报》的文章我读了。"……涉及好几个大报,我一头雾水。我离开湖南后,每年平均也就写两三篇文学评论,怎么可能有人冒充我发文章呢。想一想,我就把电话打给萧元,萧元在那头捂着嘴巴低声说:"我把你的文章都拆了,轰炸!轰炸!"今天,想起这件事,我用网络搜索了一下,关于向本贵《苍山如海》的评论在1998年春天至少有四十篇!当年从湖南到北京,至少有二十位评论家发了文章。1998年秋天,萧元终于第一次来看我了。他站在深圳市罗湖区桂园路红围街3号女报杂志社我办公室的门口。萧元探头进来,不准我起身。然后,他拿腔拿调地朗诵:"暮色苍茫。群山苍茫。暮色很久很久以前就苍茫了。群山很久很久以前就苍茫了。那颗刺破暮色照亮天宇的星星在何时何地以何种姿态出现?那场壮观的新的日出能如愿降临在如海的苍山之上吗?"然后,才与我热烈握手拥抱。接下来的四年,萧元所朗诵的这段文字,也是向本贵《苍山如海》一书封底的推荐语——我那篇评论的开头,成为我俩几十场见面的开场表演,他说一句"暮色苍茫",我接一句"群山苍茫";他说一句"暮色很久很久以前就苍茫了",我再接一句……我俩乐此不疲。

　　就在那一次,萧元告诉我,他接手《芙蓉》了,他要把《芙蓉》杂志挪到深圳来印刷。我说:"《芙蓉》是黑白印刷,工艺又不复杂,何必来深圳呢?"不想他勃然大怒:"老子想念你,每两个月来看看你,你还不领情呵!"我赶紧安抚。接下来的三四年时间,萧元每年都会来三四回。我记得他带着社里的美编罗丹大姐来过,带着几位湖南作家来过,带着他的发小彭浩来过,还带着画家和行为艺术家来过。每一次我都兴高采烈地招待他们吃湘菜。很惭愧,在深圳已经生活工作八九年的我,每次都是萧元领着我去拜访大人物,像徐敬亚王小妮夫妇、陈寅夫妇、欧宁、刘全等,数不胜数。他谆谆教诲我:"要干大事就得有队伍,像伊沙、韩东、杨黎,还有你们湘乡的李少君呵,走到哪里都是要递名帖拜山头的。你拜了他们,以后就是一伙儿的了。"然后,从古代诗人的交往,特别是李白、杜甫的交情,讲到湖南作家黎烈文、张天翼、蒋牧良为鲁迅抬棺,讲得我一愣一愣的。他拍拍左胸说,我到一个地方之前都准备一份名人探访地图,提早联系。"你等着吧,三五年我就有一份中国最强的名人联络图了,我就会成为威虎山上的座山雕。"萧元胸有成竹,我真心佩服,并真心反省自己的懒散，反省自己的普通话说得太烂。

　　在离桂园路大概一里路的宝安路的一栋大厦里，住着一位诗人、设计师和策展人。萧元领着我第一个拜访的就是他，他个子矮小，镜片老厚，租用一套住宅开了一家设计公司。客厅里摆着四五张桌子，一派杂乱无章、鸡飞狗跳的大好景象。主人很腼腆，萧元有一搭没一搭与他聊着，我就坐在一个空位上打开桌上电脑看新闻，他们聊什么我一句也没听进去。到傍晚时分，主人非常客气地留我们到对街的大排档吃醉虾，萧元很喜欢。这些虾在白酒里大概泡了一两天，用筷子从泡酒的脸盆里夹几十只到碟里，都活着，但醉醺醺的，有一种奇特的味道。我也试着吃了几只，但不是很对味。而这个大排档，以后成了萧元来深圳时的必吃之地。在送他回宾馆的路上，萧元对我说，这位大爷是同性恋者。我大吃一惊并要他拿出证据。他说，他电脑桌的挡板上全贴着国外同性恋者的照片。过了两天，又去了两次的萧元告诉我，这哥们儿蛮好玩的。北京和香港的小明星来深圳淘金，都喜欢住他那儿。昨晚就看到一个小明星在他的洗手间里冲凉，那哥们儿就靠在洗手间门框上和外面的我、里面的女孩交谈。"对于这些女孩来讲，这哥们儿是最让她们放心的人了，她们天生就有这种嗅觉。"我至今都佩服他这种强大的观察能力和广博的见识。

他带着三位湖南作家来的那次，发生了一点儿小的不愉快。我在单位门口三湘人家餐厅招待他们，酒足饭饱之后，我去买单，被一位作家拉住。"小聂，让萧元买单，他获了大奖，奖金好几万元，你给他写五六篇吹捧文章，让他买，让他买。"我疑惑地看着萧元，问他获了什么大奖？三位作家异口同声："《苍山如海》'五个一'啊！"我有些不愉快，主要是因为萧元编的书获了中宣部"五个一工程"图书大奖的喜悦不和我分享，但我还是抢着买了单。不想，在送萧元去宾馆的路上（三位作家另住芙蓉宾馆），他气愤地对我说："这些土鳖不知道聂总的杂志每月发五六十万册，聂总的年薪至少也有五十万。"他打开车门，狠狠吐了口痰。我顶撞他："你给我发的？多于十万你拿走，小于五十万你补上，你明天问《女报》的会计和蒋睦民（他的前同事）去！"他悻悻然。然后，他把火全发到那三位作家身上。

一年多后的一个夜晚，我接到湖南省委宣传部魏副部长的电话，她问我认不认识一个在《芙蓉》上发表小说的叫"北方"的作家。我和她多年未见，突然打来电话，我立感萧元大事不妙。我犹豫了一小会儿，就说不认识。魏副部长就说："见鬼了，小说写到了你，你怎么会不认识呢！"我问："怎么写的？"她说："写几个流氓一样的湖南作家和你在深圳见面。"我气昏了，说："哪个王八蛋诽谤我，来深圳的作家和我见面的多得很，未央主席来过，谭谈主席来过，我都和他们见过面、吃过饭，我明天就上街去买《芙蓉》。"第二天上班路上，我就买了《芙蓉》杂志，急忙从目录上找"北方"的名字，果然发现名下有《一天一日》这部小说，三下五除二就找到了这一段：

……槽头肉嫌"芙蓉"的房费贵，不肯在那里住了，起床后给一个老乡——深圳《女报》杂志的聂总打了电话，由聂总介绍，住到桂园路红围街深圳市工商局办的招待所"新世界宾馆"去了。打的过去的时候，那个广佬司机听不清槽头肉的塑料普通话，把他们一车拉到了五星级的"新世纪宾馆"，气得槽头肉用长沙话把司机臭骂了一顿，下车时又扣了司机五元车钱。(《芙蓉》杂志2001年第3期，北方《一天一日》)

我当时被气笑了。到了办公室，就认认真真看《一天一日》这个中篇，边看就边笑，边看就边气，边看就边骂。我当然知道"北方"就是萧元。他第一篇小说《四如意》本来命名为《盐少许醋少许爱情少许》，是韩东逼着他改的。我详细问过《四如意》中的两个嫖客的原型是谁，也问过他小说写作的习惯。那个上午，我给萧元打电话，说："萧元我的爷呵，你这样写自己的朋友，他们不恨死你才怪哩，你在湖南文学圈怎么还混得下去呢！你怎么这么蠢这么哈，你这是挖别人的祖坟戳别人的血疮咧！你爸是怎么教你'做人要厚道'的，你都忘记了……"我痛心疾首、痛快淋漓地骂了他一大顿。萧元默不作声。我说："省委宣传部领导给我打电话了，正在查你写的小说，你自己去了难。"

八

2000年春节后，半年时间里我和萧元在北京相聚了五六回。那真是一段快乐的好日子。快乐的好日子离不开好朋友程兴国的出现。第一次和萧元入住的是与中南海一墙之隔的一个小招待所，办事方便，价格便宜，但房间小而陈旧。第二天傍晚，接到了兴国的电话，他的声音懒洋洋的，永远都像没从酒海里清醒过来："在哪儿呢？过来吧，天伦王朝，记得退房哈。"我说："这狗×的鼻子真灵呵。"于是，我俩兴冲冲地赶去。兴国就坐在天伦王朝马路边的路牙上，见到我俩就一个劲儿地摇头："不好玩，不好玩。"我问怎么了，他说："刚才一个哥们儿还了我30万元，欠了好几年了，我想请他喝个酒,他竟然说有事,他比我还忙呵?"就在那个晚上,我们三人在天伦王朝展开了对"幸福"二字深刻的讨论。

兴国是高我一级的学长,是诗人、歌手、演讲家,更重要的是湖南最牛的广告公司的董事长。1988年10月,我在湘雅附二院住院治病,他不知从哪里听到消息,背着一个包就从益阳师专赶来了,竟然要陪我住院!而且是传染科!被我赶走之后,还一副心不甘情不愿的样子。当时我觉得不可思议,过了一两年,我听朋友说,他真的陪别人住过院。那个晚上,在天伦王朝酒店,看着他一副闷闷不乐的模样,我和萧元就骂他:"你这么有钱,还装什么痛苦、深沉,有意思吗?"不想他说出了一席让我们惊诧不已的话:"钱有什么好?30万元就在后备箱里,我都懒得提到房间里去。借出去了钱,还失去了朋友,有什么意思?我琢磨好久好久了,幸福,真是钱买不到的!我有了钱,就失去了老婆,找了第二个,又失去了。我想呵想,幸福只能是真正的朋友之间好东西、好趣味的相乘相加。"一杯一杯的酒灌下去,我们开始酒酣耳热,我和萧元竟找不出对"幸福"更好的定义。我知道,大学者弗兰西斯·培根为艺术下过一个定义——"艺术是人与自然相乘",我敢肯定兴国一定没有读过。悟性如此,我暗暗惊叹。也就在那个晚上,我和萧元一致认定,兴国为湖南

"相思鸟"香烟品牌创作的广告语——"再忙,也有相思的时候",获得中国广告行业协会一等奖实至名归。最后,从洗手间回来的萧元严肃地说:"再忙,也有屙尿的时候。"让兴国捧腹大笑了好一阵。

那一周,兴国在天伦王朝从一间房加到十一间房,各路江湖好汉、牛鬼蛇神从各地蜂拥而至。再忙,也有洗脚的时候;再忙,也有唱歌的时候;再忙,也有喝大酒的时候;再忙,也有吃鱼翅的时候……一时间,这句式堂而皇之响遍天伦王朝富丽堂皇的中庭。我和萧元认真履行请客的职责,把单都挂在兴国的房号上。兴国加入我们请客的场合只有两次,其中一次是请湘省调到全国妇联的莫大姐,兴国一口一声"妈",而大姐举重若轻地接着,把所有的人都笑晕了,因为莫大姐比兴国大不了几岁。

兴国就是这样一个人,为了让席上所有的人高兴,他不惜将身段低到尘埃里,不惜自我作践。大家搜一下腾讯视频"程兴国《龙唱龙吟》MV",视频里,他一会儿西装革履,一会儿长袍马褂;一会儿长城飙歌,一会儿草原赛马;一会儿安塞腰鼓,一会儿潮汕舞狮。他辛辛苦苦拍了一个多月,花大价钱准备上某年春晚,最后呢? 兴国说,他提早三天就住进了梅地亚酒店,但一直没有人通知他去彩排。大年三十手机都打爆了,所有人都在恭喜他上了春晚。他莫名其妙。大年初一晚回到长沙黄花机场,在飞机上一直想着有多少人接机,有多少人送鲜花。从贵宾通道走出来一看……他停住,我们齐刷刷望着他,他说:"两个人,一个是我司机,一个是我亲弟。"他说:"我的娘呵,我那司机真的还人模狗样地给我献花,我一把就将花摔到地上踩了十脚!"他伏到桌子上假装哭泣了一阵,然后痛不欲生地讲:"花了一百多万,人没上春晚舞台,视频上了春晚穿插的广告。"每一次聚餐,越是高档次,他越是绘声绘色,越是花样百出。他积攒了十多个作践自己的段子,弄得一桌人都很快乐。兴国之外的每一个人都感到优越,感到体面。

萧元却总是端着的。我和萧元都看出了兴国的大智若愚、大巧若拙,萧元偷偷给我讲,湖南人的本性是吃得苦,霸得蛮,耐得烦,到兴国那里变成了吃得亏,装得傻,舍得贱。我说,兴国还是有湖南人的本性呀!萧元就笑,就摇头:"老子绝不给这些傻×装疯卖傻,绝不!"萧元和兴国都是长得英俊且多才多艺的人,都娶过两个妻子,但两人性格上的分野却大相径庭。他们俩的第一个妻子我都认识,在离婚之后都属旧情不绝如缕,而在对待第二个妻子上却截然不同。兴国的两次离婚,应该都是生活方式冲突所致。他是一个酒色财气俱全的人，天天在空中飞、在酒桌上泡、在女人堆里混，知识女性没几个能容得下他，而他偏偏只找知识女性，那他的命运就只能是被扫地出门。兴国一句怨言都没有，别人问他为什么又离婚了，他就真诚地自我批评；别人问他什么时候再结婚，他就斩钉截铁地宣布："不结了，不结了！朋友们都说，我结一次婚他们就送一次礼，我再结他们都成穷光蛋了，我是个害朋友的人吗！"萧元和杨姐走到一起，不管剧情如何，萧元肯定是追求者，但萧元没有兴国的口德和修养。

萧娟前一年（1999）秋天在长沙告诉我，萧元和湖南师大一个俄罗斯外教搞到一起了。我说，难怪这段时间老约我去俄罗斯。然后，我就非常八卦地问："这俄罗斯姑娘一定很漂亮吧？"不想萧娟非常气愤地回我："他找个漂亮的也就算了，非要找个丑的恶心我！"然后就要我去劝他收心，并告诉我他的家快散了。我回到湖南宾馆就约萧元，两人很快就见了面，我开门见山地说："听人讲你找了个俄罗斯姑娘做丽肝烂（长沙方言里的"情人"），长得还不好看，太无聊了吧！"不想萧元火冒三丈，说一定是萧娟那小蹄子讲的，她一点都不懂得审美，我明天就把照片带来给你看。我问："嫂子知道不？"他说："我们都被她堵到家里了！"我大吃一惊，那一天，我真的大发雷霆，不仅因为我编《女报》，更因为我的少年记忆中，有我父亲经常欺负我母亲的场景。萧元被我骂得气呼呼地走了。不想第二天早上他又敲开了我房间，拿着一张照片给我看，是那个俄罗斯姑娘，穿着一件红色的羽绒服，戴着一顶蓝色（或白色？）的帽子，人长得还真不赖。我被他这一近乎荒唐的举动气得哭笑不得，但还是苦口婆心地劝了他一上午。

九

萧元有一种神奇的力量吸引着我，有时候让我瞠目结舌，有时候让我心服口服。远离了长沙和深圳这两个有各自单位的城市，来到帝都，我俩的真面目完全释放出来。我是一个好奇心很强的人，对人的好奇心尤甚。明明知道好奇害死猫，但我感觉每个人都是一本读不完的书，因此至今乐此不疲。

有一次，我在天伦王朝酒店萧元的房间里聊天，他谈到去俄罗斯的见闻，说："俄罗斯真萧条呵，我去那里也成了大款了。"我就问："你那'丽肝烂'的父母见到了吗？他们是干什么的？他们认可你吗？"萧元回答：他们都是教授，巴不得我把他们女儿领走咧。然后，话锋陡然一转，就转到俄罗斯的油画上，他说去了包括列宾美术学院在内的许多学院和美术馆，那都是好得不得了的宝贝。然后直接怪罪我：叫你去你不去，俄文都白学了。我辩解道，我学的那点俄文，早忘到爪哇国去了，去了也当不了他的翻译。他神秘地告诉我，搞了几张好油画，买了一大箱俄罗斯油画名家的画册，能够赚点钱了。我说："怎么赚？"他说："你蠢呵，中国这么多美术出版社，俄罗斯油画这么好，中国的油画又跟了苏联这么多年，能够看到俄罗斯当代最好的作品，出版社不愿意出吗？那些学油画的艺考生和图书馆不买吗？花两个月时间整理归类，编成《俄罗斯油画五大师经典》《俄罗斯油画十名家经典》《俄罗斯油画大师风景系列》《俄罗斯油画大师人物系列》……"我觉得他脑瓜太好用了，真正佩服得五体投地。

从2001年到2002年年底，我和萧元在北京碰过五六次面，一起和关照过我的领导聚一聚，也一起和我在京的老同学叙叙旧。湘潭大学在北京读研的同学很多，大多就留在京城了。有一天下午我睡完午觉后去萧元房间，碰到了一个熟悉的身影，肯定是大学本科时历史系的同学，当时我想不起他的名字，只问了一声好。他拿着一个塑料袋，袋里有一个牛皮纸信封，厚厚实实的，一会儿他就走了。我问萧元："这不是我们历史系的吗？叫什么名字，干什么来的？"萧元说："是秦千里呵，送钱来的。"我说："什么黑钱？"他就从包里拿了一本书，认认真真地给我签名：送雄前兄一本盗版书。北方。2002.3。我接过书一看，是书名为《谁比谁美丽》的小说集。我说："这不就是你写的小说吗？谈何盗版呵。"他就黑着脸说："你看吧，尽是错别字，丢脸！"我就奚落他："这样的书人家给你出，还给你一袋子钱，知足吧！"

我最后一次和萧元见面，也是在北京天伦王朝酒店，大概是在2002年的夏秋之交。我怎么也想不起自己去北京是办什么事，反正那段时间萧元去北京比较频繁，主要是为他担任责任编辑的《波斯经典文库》进行宣传推广。这套文库出版于2000年6月，由季羡林和伊朗的一位顶级学者担任顾问，会聚了国内最好的波斯文学研究专家进行翻译，出版之后好评如潮。萧元的"联络图"果然了得！这样的强势整合，让这套文库成了当时的国家最高领导人赠送伊朗总统的国礼，并获得了"伊朗国家总统奖"，而且在2003年获得第六届国家图书奖的荣誉奖和第六届全国优秀外国文学图书的一等奖。

十

萧元2002年10月被调到广州美院，此前他多次和我商量此事。他来深圳印《芙蓉》杂志的这几年，对生机勃勃的南方已有深厚的好感，他向我提过来深圳工作的事，但深圳文化还处于起步阶段，"文化沙漠"的帽子并未摘去，实在找不到适合他的单位。于是，他最后联系好了广州美术学院。原本以为，两人距离近了，见面的次数自然会更多，却万万没想到，我和萧元在北京的那次见面竟成了永别。

起初，我们一两个星期就通一次电话，聊聊天，问问情况。到了2003年6月，电话突然就打不通了。因为北京的一位曾关照过我的朋友带着他的父母来深圳旅游，萧元和他很熟，我就想拉上他好好聚一聚。我把电话打到嫂子那里（她没随萧元来广州），问萧元的手机怎么不通了，是不是换了广州的号码。嫂子说一直通着呀，然后告诉我萧元在广州的新手机号。"两个手机号都能打通，你打吧。"嫂子最后说。我拨了萧元的新手机号，通了。我刚开头，他就很低声地给我说："我在开会，晚上回电话。"但晚上他没回电话。第二天我又打，他依然是捂着话筒回同样的话。那几天，我每天早晨七点从南山开车去罗湖晶都酒店请北京的朋友喝早茶，每天晚上都陪到十点左右才回家，就没管萧元不回电话这回事了。送走北京的朋友大概两天后，我突然想起萧元这从没有出现过的情况，我就又把电话拨过去，竟然还是同样的回复。我勃然大怒，听完就挂了电话。

我与萧元的联系就这样断了。

2004年秋天,我去北京开会,老同学会聚在亚运村一家湘菜馆,席间聊到萧元,其中一位刘同学讲萧元发财了,在北京买了别墅。我就说:"不可能吧,北京的别墅至少也要大几百万,萧元捡钱也捡不了这么多呵。"一位女同学就证实,说萧元买的别墅就是她前年看中的片区的,当时还给我和萧元推荐过。我大吃一惊,问这钱从哪里来的,女同学就告诉我,听说是做画生意赚来的。我将信将疑,回到深圳给太太说了此事,太太说:"难怪他不理你了,你这傻瓜。"

2014年5月中旬,我接到好友肖建国的电话。建国兄曾是湖南文艺出版社社长,萧元就是在他任期内从湖南人民出版社转调过去的。1995年,建国兄南下广州担任花城出版社社长。建国兄打来电话的那个晚上,我正在开车回家的路上。他说:"萧元出事了,你知道不?"我说:"不知道,这家伙好多年不与我联系了。"他说:"出大事了,他偷了很多名画,可能会判重刑。"我一急,就把车直接停到路边,静静听他叙述。建国兄刚从一个饭局下来,饭局中有一位朋友也是湖南人,问认不认识萧元,然后就告诉他萧元出事的过程。我说:"那我明天过来,和你一起找找你那朋友,看能不能和萧元见一面。"建国兄告诉我:"他当场就要求见面,根本不可能。犯罪情况很严重，社会影响很恶劣，一定要等判决后才能见面。"我坐在车上抽了两支烟，然后开车回家。一夜无眠。

十一

2014年，我离开了辛苦耕耘二十二年的女报杂志社，面临着新的工作和新的挑战，神经紧绷。在接到建国兄的电话后，我几次找广州的朋友问情况，但大家都讳莫如深，萧元事件好像很神秘。有些朋友躲躲闪闪，有些朋友劝我耐心等待。尽管深圳与广州仅有两小时车程，但我一年只去两三次，且每次都是开会，当天去当天回，认识的也多是期刊和图书出版界的朋友。从网络上流传的消息来看，事情似乎闹得很大，我只能静待事态的发展。

转眼间，时间到了2015年7月21日，萧元的案子终于在广州开审。从庭审的第二天起，从央视到全国各大网站、纸媒都纷纷报道了这一事件。新中国成立以来最严重、最恶劣的高校艺术品监守自盗，给国人以强烈震撼，给媒体也提供了狂怒或者狂欢的机会。我花了一个周末的时间，仔细研究权威媒体公布的消息，有几个深刻的印象留在了我的脑海里：第一，143张名画，利用职权贪污套现，萧元一定会被判很重很重的刑。萧元是疯了，一定是疯了！第二，中国的大多数媒体人极不认真，萧元偷窃的时间起止，到底偷窃了多少张，偷窃的手段，名画的去向等，都有多种说法，往大里讲，往死里讲，大多只宣泄愤怒。第三，除央视提问"养肥硕鼠的粮仓，管理为何如此松懈"外，极少有冷静的声音问一问：是谁给了萧元作案的机会，萧元供述的藏画前后都有赝品是怎么回事，萧元对未套现名画的估价有异议合不合理，被萧元拍卖的名画有没有追回的可能性……我的心情既迷茫又沉重。那个周日的早晨，我习惯性地打开央视新闻频道，在"一周新闻人物回顾"中看到了萧元。他穿着囚服，光着头，显得臃肿不堪。一阵阵的心痛向我袭来，我想起了二十多年前那个英俊挺拔的青年，想起了他的凌厉和强悍。

也就是在那一天（2015年7月26日）下午，午睡醒来的我，突然意识到萧元在我生命中的消失，很可能与他起了偷窃之心有关。2003年5月，他切断与我的联系，如此突兀、如此委婉、如此干脆，一直是我百思不解的事，只有从这个角度才能获得合情合理的解释。而2004年秋天北京同学聚会流传"萧元发大财了"，应该就是萧元贪污套现后的第一个大"成果"。我再一次将自己的分析与媒体上发布的消息比对，最终相信这个逻辑链是成立的。

那一刻，我百感交集。

2003年6月，或许是广州美术学院图书馆启动藏画的数字化处理，或者是某种机缘，让萧元看到了瞠目结舌的馆藏名画。而馆藏管理制度的漏洞百出甚至阙如，管理人员的专业素质不够（萧元庭审中说他们只会"对数"），给了萧元乘虚而入的胆气。萧元在庭审中坦承，他面前摆放几万、几十万他不会动心，但如果是几百万、几千万他就难抵诱惑了。我相信，2003年的这个6月，或许是5月，萧元是煎熬的，偷，还是不偷，成了萧元的"哈姆雷特式"踌躇。他走路在想，吃饭在想，看电脑在想，睡觉也在想。其间，我时不时地电话或许让他很烦，他静不下心来，他的心智已经大乱。他第一次捂着话筒小声地回电话："我在开会，晚上回电话。"或许真的在开会，但第二次、第三次他就认定这是拒绝我的最好方式。他不想与我面对面，他不想与我分享。十多年来，我们亲如兄弟，无话不谈。萧元一定想起了我照顾他父母和侄儿、侄女的艰辛；想起了我母亲上个月去世时，我在打给他的电话中号啕大哭；想起了我读研期间在医院照顾他父亲时的尽心尽力；想起了他父亲最后那一滴泪珠；想起了我们在一起度过的无数个快乐日子。于是，他给了我最大的慈悲和最深的情义。

十二

"落在一个人一生的雪,我们不能全部看见。"作家刘亮程的这句话,平和而客观地描绘了每个人的孤独境遇。

萧元生命中的大雪似乎与生俱来。1957年11月,湘北洞庭湖畔,芦苇萧瑟,朔风凛冽,正值立冬时节,萧元降临人世。彼时,萧元的父亲正在湖南省第一监狱服刑劳改,而萧元的母亲则毅然决然地离开湘雅医学院,来到湘北小镇,与丈夫共担厄运。萧元尚在襁褓之中,便背负起了"狗崽子"的恶名,困窘、阴冷、白眼、歧视等沉重的负担,一直伴随他度过幼年和少年时光。我写过《萧艾师在1989年的除夕夜》的回忆文章,萧艾先生一直对他的前半生讳莫如深,他在重庆那个特定的夜晚给我说了他的初恋,在课堂上说过他罹祸的经过,但他出狱的时间我毫无印象。我想,以"胡风分子"这一罪名入狱的他,在劳改农场待了五年八年,然后就在贫下中农和工人阶级的监督下戴罪教书,进行思想改造。1991年,他在长沙九所对我说:"一定不要小觑人性的恶。"这是他用血淋淋的经历换来的深刻感悟。我想,萧元内心的恶念,一定与他二十岁以前的生活经历息息相关。

感谢诗人杨黎,他在2013年年底至2014年年初对萧元进行了长篇访谈，题为《地球有46亿年，人生是个大悲剧》，这篇访谈原汁原味地让我感受到了萧元的真实气息，这是剖析萧元悲剧人生的最佳文本。然而，访谈发表后不到半年，萧元就走进了牢狱。而杨黎接受搜狐文化谈萧元的文章——《萧元：我把青春都献给文学了》，更让我看到了杨黎的境界。任何生命都是等价的，都应该被尊重，不能因为萧元是罪犯就随意贬损，杨黎的这种清晰的表达，让我对他心生敬意。2001年，默克尔得知本·拉登被击毙后当众表示"十分高兴"，却因此遭到了德国知识界的集体质疑。萧元死后却只有公众的愤怒和媒体的狂欢，这让人尴尬和惋惜。杨黎结尾的那一句："我觉得这句话我现在很喜欢，那就是'存天理，灭人欲'"，这句话既充满了慈悲，又透露出无奈。

杨黎对萧元的访谈，很可能是萧元生前的最后一次访谈。其中的大量信息，真实可信，意味深长。

很多年以前，当我全家被赶到农村里去的时候，我就接触过许多社会底层的人，妓女，投机倒把犯，四类分子，劳改释放犯，伪军官，等等，不知为什么，那时候还处在少年时代的我就十分乐意和他们接触，尽管这些人也大多数不是东西，但还是觉得他们比我父母单位的那些同事和领导要好得多。这种感觉或者感情一直延续至今,我今天如果下乡或者去工厂,去歌厅或者发廊,一定能够比别人更早、更深入地打破隔阂,与农民、工人或者小姐和发廊妹畅快交流。

少年时代的我是一个唯美的、木讷的男生,几十年过去了,我的外形和性格都有了很大的变化,可能变成了一个坚强务实的男子汉,常常也会暴露出人性中冷酷无情的一面,但我认为自己在本质上并没有变,就像俗话所说的"江山易改,本性难移"一样,而且随着年龄的增长,那种悲天悯人的情怀反而与日俱增。

我也巴不得有那超越肉体之上的灵魂,有天堂、地狱和来世,可惜我的理智告诉我没有。而现有的一切宗教说教,我又觉得它们统统很拙劣,真的都如马克思所说的那样是麻醉人民的鸦片,没有一种能够让我心悦诚服的,更不用说去信仰它了。这也许是因为我尘心太重,太缺乏慧根。从我自己的亲身经历来看,死亡确实是肉体的事情,死了就真的是死了,什么也没有了,我在十几岁的时候就有了这种刻骨铭心的体验,而且在我的记忆中,死亡是一件非常丑恶、让人非常悲伤的事情,死亡让一个人尊严扫地,让一个人的一生变得毫无意义,也让世界上的一切变得毫无意义和价值。我不知道你的父母是否还健在?我是在十四岁时送走了我的母亲，在三十九岁时又送走了我的父亲，先是在母亲的病床边待了一个星期没有睡觉，后来又在父亲的病床边待了一个多月没有睡觉，在那些孤独无援的漫长黑夜里，我当然会想得很多很多，以致父亲去世以后我马上变得两鬓斑白了。人在这个世界上走一遭，可能要到最后才会明白人是生来孤独的，到了最为重要的生死关头，任何人都帮不了你，而你毕生为之努力的一切，到头来都变得毫无价值，人生是一个大悲剧。眼睁睁地看着父母为病痛所折磨却毫无办法，看到他们被塞进焚尸炉为火焰吞噬，最后变成一小坛粉末交到自己手中，想到自己到头来也只是一个这样的结局，不可能不产生万念俱灰的感觉。

　　人生从总体上来讲是一个大悲剧，世界从总体上来讲也是一个大悲剧，如果有什么些微的快乐或者幸福可言，那也只是一个短暂的过程，存在于这个大悲剧的某一小过程中间。

　　之所以还在写作，可能也是像谢德庆所说的那样是为了耗日子，因为我的大限未到，总得找点事情来打发时光。而且在写作时我会感觉到一种完全的、真正的自由，这时的我可以不受任何人的支使和任何条款的束缚，甚至不去考虑别人的看法和能否发表，觉得自己就像造物主，这种感觉真是非常的舒服。

　　从以上文字中，读得出萧元的叛逆、悲观、恐惧。"人生是大悲剧""人生无价值""大限未至"等言论，当然与他因犯法而产生的恐惧有关，但一定也与他青少年时代阴暗的生活经历有关。他给我讲过，他在洞庭湖的堤垸上苦苦思索一只小麻雀怎么飞过八百里洞庭，我想象得到他是孤独的；他十四岁时整整一周陪护临死的母亲，我想象得到他是绝望的；他灰头土脑的父亲经常在万人大会上挂着"反革命分子"的牌子被批斗，我想象得到他是心痛的；在认同"老子英雄儿好汉，老子英雄儿浑蛋"的年代，被歧视的萧元乐意与妓女、四类分子、投机倒把犯、劳改释放犯、伪军官等接触，我想象得到他是无力的也是没有办法的。

　　萧元的父亲在新中国成立前就是高级知识分子，也是小有声名的爱国人士，新中国成立后即担任湘雅医学院院务秘书长和马列教研室主任；萧元的母亲是印尼著名侨领的千金，为支援新中国建设孤身一人来到长沙。想一想，如果没有1955年的这桩冤假错案和嗣后绵延不断的政治运动，萧元的人生又会是怎样的呢？

十三

萧元比我大整整七岁，他的父亲1981年9月才从湘北益阳调到湘潭大学中文系。我至今清楚记得，同寝室最英俊的同学王罗群，在我们寝室"十大金刚"到齐的第一个晚上，就告诉我们，他是与萧艾先生同船同车来到湘潭大学的。他和萧先生聊了一路，倍感亲切，特别是萧先生女儿的美丽让他很震惊。

王罗群同学的话，四十一年过去，我从来没想起过。今天突然想起，一股凉气从我的脚底升起。萧艾先生的彻底平反是在1980年9月中央76号文件下发之后（《旧物记——胡风遗藏记事》），他痛苦的、蹉跎的岁月已整整绵延四分之一世纪。而萧元呢，他1978年春不能报考，1978年夏不能报考，1979年和1980年还是不能报考，以萧元的孤傲和智商，他在绝望中会一年又一年地复读吗？于是，萧元就这样被呼啸而去的时代快车抛弃了。

想一想，历史是不是亏欠萧元一家一个真诚的道歉？是不是亏欠许多与萧元一家相似命运的家庭一个真诚的道歉？而悲哀的是，无论怎样真诚的道歉，都抚平不了这群人的创伤，都重建不了这群人的安全感。

我的少年时代很贫穷，但没有任何人敢欺负我这个贫农的儿子，我胆气十足。我胆气壮壮地成长起来，就像师兄程兴国写的诗那样："洞庭湖的杨柳，他妈的倒插也长。"还有比我胆气更壮的，我一位姓朱的乡亲，从1978年开始一直考到1984年才上大学，成了湖南省双峰县大名鼎鼎的"朱八届"。我有幸与他同学一年，他是我们悬梁刺股的好榜样。老师长期对他孜孜不倦地表扬和赞赏，让我对他深怀敬意。

萧元是1985年插班进入武大哲学系的，而这个插班生名额还是因他父亲曾担任李达先生的助手这一层渊源而获得。李达先生是湖南永州人，与萧艾先生同乡，新中国成立后先后在湖南大学和武汉大学当校长。1986年，老师带我们五位学生游学西南时，曾在武汉停留三天。当时的陶德麟校长专门宴请了萧先生和我们。后来，刘纲纪先生专门从武汉大学过来给我们上了一个月的美学课。武大中文系夏渌先生是我的硕士学位论文答辩导师之一。由此可见，最真还是旧情谊。

十四

2016年12月22日，我和同事胡小跃前往陕西省乾县，去组著名作家杨争光的书稿。24日清晨五点，我接到萧元的发小彭浩的电话,他告诉我萧元昨夜已经因病去世,他正坐火车赶过去,快到广州了。他说前天刚回老家益阳办了些事,昨天接到通知就赶紧上车,问我赶不赶得过去。我说,我赶不过去,因为我在陕西省乾县出差,请他转达我的哀思,并照顾萧元的亲人。说完,我号啕大哭。

24日早晨七点,我打开电视看新闻,几分钟后,屏幕上出现了罗尔夫妇送别女儿罗一笑的镜头。罗尔是我在《女报》工作了二十一年的同事,他是一个非常老实、非常正直的人。他的两个孩子都是我给取的名,男孩原名罗成方,上学的时候他改名罗果然,我当时还有些生气;后来生下女儿,他又求我取名,我当时没答应,但他死缠烂打,非要我取不可。于是,我认认真真地给他女儿取了名,叫罗含笑。过了几年,他竟然又把女儿的名字改成了罗一笑,气得我直吐血。2016年9月8日,五岁多的罗一笑查出患有白血病,住进了深圳市儿童医院。那是我求刘磊院长才拿到的床位。第二天下午,我就给他送了钱,同事陈丹也善心大发,给了钱。罗尔绝不是贪财之人,却因此惹来了无数是非。看到寒风中罗尔夫妇送别罗一笑的悲惨镜头,我再次号啕大哭。

关掉电视,我走下楼去,在宾馆前面的马路上跑了半个多小时,清清楚楚看得见乾陵。

后记：为深圳的青春文化寻找注脚

在有关深圳文化的种种议论中，深圳文化的创造主体和承载主体的性质却一直鲜有人问津。这是一个可怕的疏忽，因为恰恰是这些因素决定着深圳文化的性质和走向。

此前和此后，具有群体优势又较为稳定地为这座城市创造文化，并集中鲜明地成为这座城市文化符号的，无疑是20世纪80年代的大学生。这座城市和这座城市的文化创造主体，都是新时期初期人文思潮的产物。在对深圳文化进行梳理时，我惊奇地发现：一方面，20世纪90年代中国文化界发生的几次大的论争，如"后现代"问题、"新状态"问题，以及人文精神与道德理想主义问题等，深圳基本上没有介入或呼应；另一方面，新时期初期积淀的文化成果在一遍又一遍地被重温。在深圳大大小小的报刊上，"寻找"的声音、"不相信眼泪"或"不相信爱情"的声音、渴望对话和期求倾诉的声音至今不绝于耳,与国内流行的"好好过日子"的声音形成强烈反差。深圳文化在个性鲜明地诉说着自己的话语,走着自己的道路。

余秋雨先生认为,深圳文化是一种"青春文化",我深以为然。对于"青春文化"是如何形成的,余先生并未深究。我认为,最根本的一点在于,深圳文化的创造者——那些20世纪80年代的大学生,是从朦胧诗的岁月中走过来的,是在"人生的路,为什么越走越窄"的大讨论中确立自己的价值取向的,是在存在主义哲学的"休克疗法"中历练出来的,是在李泽厚社会实践哲学对感性生命的张扬中选择生命征程的……在思想解放的时代背景下所出现的这一系列人文思潮,无不带有青春觉醒的性质。文化重振的梦想使一代人充溢着理想主义的激情,并憧憬着新大陆的诞生。个体生命服膺于一种"寻找"的思维方式,普遍渴求一种真正的精神证明。可以肯定地说,深圳文化是特定的一代人在特定的时间、特定的空间,面对特定的对象,宿命性地创造出的一种独特文化。

一代人的文化创造过程,实际上是一代人青春抗争的过程。我愿意将一个普通文化人胡建国的生活和创作呈现给大家,和大家一起为这座城市的青春文化寻找注脚。

我一直认为,跟着父母所在的兵工厂在"大三线"的山沟里搬来搬去搬倦了的胡建国,1982年报考上海交通大学船舶设计专业,继而攻读飞得高、航行远、跑得快的动力机械专业的硕士学位,这一选择带有浓厚的象征色彩。在胡建国的创作中,他曾再三向我们传递两种童年记忆。一是陌生。他一会儿在外婆身边,一会儿在父母身边;一会儿在浙江、南京,一会儿在重庆、江西。环境和人事的陌生使他过早地失去了家园感(《永无驿站的漂泊者》)。二是沉闷。即便在父母身边,身为劳模的父母也只会板着脸教训他,而无法给予他童年应有的轻松与温暖。有一次,他妈妈突发奇想,带他到工厂附近的山上去采蘑菇。他第一次发现,鼻子上渗出汗珠的母亲是如此美丽可爱。回家的路上,他牵着母亲的手感到无比幸福,以至他一次又一次地祈祷山间的小路能够延伸下去……可是,他终究还是牵不住妈妈的手(《远方的召唤》)。

相信那一代人对这一类记忆并不陌生。这一类记忆,事实上是他们背叛父母既定生活道路的依据,也是他们选择蔚蓝色大海和追求飞得高、跑得快的动力。胡建国是工科学生,但在一个文化参与热情空前高涨和文学影响力笼罩一切的年代,他和他的那一代人一样,牢牢地记住了北岛和舒婷的许多诗篇,比如"我并不是英雄 / 在没有英雄的年代里 / 我只想做一个人",又比如"与其在悬崖上展览千年／不如在爱人肩头痛哭一晚",这些带有文化主导词意味的句子,他至今经常随口进出。在大学时代,他做了一件一般理工科学生不会做的事,那就是将张承志的《北方的河》改编成电影剧本。虽然三个月的心血并没有让《北方的河》搬上银幕,但那个不顾一切地向前扑击的小伙子,那种以男性的尊严、自信和愤怒,以理想、意志、诺言、莽撞和有力的臂膀驱赶生活中的庸俗、懦弱、卑鄙和自私的气概,无疑已经深深地印刻在他的脑海里,成为一部永远在他心中上演的电影。

现在可以出发了。胡建国离开学校的时候,正是我们民族的青春向深圳聚集得最迅猛的时候。他理所当然地选择深圳这片既不见少年早衰之态,也不见中年疲惫之容的活力热土。然而,阴错阳差,深圳没有张开手臂拥抱他青春的生命。是在"思君令人老,岁月忽已晚"的感伤喟叹中放弃梦想,还是悲壮地选择青春的抗争?经历过上述人文思潮浸润的胡建国没有退路,他成了"边缘人"。

在长达七年的漂泊生活中,他有过踏破铁鞋求职难的苦楚,有过在日本东京去留选择的两难,有过在福建担任外商代理的风光。然而,他的心总是忠诚于自己的初衷。漂泊的生活折磨了他,也造就了他,使他具有了超常的生存能力,使他超越了狭窄的专业局限而具备了一种开阔的文化眼光。

《边缘人》《永无驿站的漂泊者》《我富有，因为我有梦》《说不完的事，走不完的路》《爱情如水》《流浪的月亮》……这远不是他全部的小说、散文标题，但无一例外地带有为青春文化注释的性质，无一例外地坦露出青春在路上的多重况味。通读胡建国的作品，可以很明显地看出一个人在路上的心路历程：他有过忧伤的"回望"，"我常常想，要是我从小受过父母的抚爱，在一个可以称之为'故乡'的地方长大，我不会变成今天这样的我"（《永无驿站的漂泊者》）；也有过"在路上"的疲惫，"我不停地走啊走，仿佛想将都市走尽似的……夜风吹着我的眼，酸酸的，眼前绚丽的景色也终于模糊起来，我感到自己离这座城市已经很远很远了……"（《边缘人》）。但最后，这些都被青春的抗争意识和彼岸的梦幻色彩所消解，"风从遥远的海上吹来，扑打在我们的脸上，又悄悄地飘向另一个我们未知的地方。远处，一架飞机正静静地飞向夜空。那儿一定是明净纯洁的地方。夜色中，我听到自己的呢喃"（《都市上的天空》）。

胡建国的文字一点儿也不深刻和暗晦，没有"梦醒了"而一头扎入世俗的快感，也没有"好好过日子"的自我提醒和自我沉醉。他的语言是属于这个城市的，他的情绪是属于这个城市的，他理解生活的方式也是属于这个城市的。我非常看重胡建国的"边缘人"的经历，也非常看重深圳青春文化中的"边缘"成分。正是在由来自乡村和城镇的打工者组成的"边缘人"的洪流中，儒道两家均强调的"安土重迁""安贫乐道""不忧不怒不怨"的"静"的传统文化心理被彻底打破，取而代之的是一种灵动的民族精神和健全的青春意识。只要我们从《诗经》中雨雪霏霏、杨柳依依的描绘，到《红楼梦》中高天厚地、白茫茫一片的景象打量一下，就会发现，我们的民族多么缺乏健全的青春感受，就会发现已经遍布中国的"边缘人"在文化史上的重要意义。

"边缘人"是为中国寻梦的群体，青春文化是当代中国超越世纪末情绪最需要的文化。在深圳青春文化的描述者中，胡建国或许不是嗓音最嘹亮的歌手，但无疑是最真诚的歌手之一。因为，他本非文人，现在也无心成为文人，他只是有感而发。而恰恰是这种有感而发，与深圳文化的生成有着奇妙的对应之处：一代人绝大多数是冲着深圳经济而来的，在深圳经济的浪潮中"有感而发"，自然而然孕育的深圳文化，难道不比引进的文化、跟风的文化更富有生命力和原创力吗？！

深圳文化的生成历程，必定是一个从"有感而发"到产生定力，再到形成传统的历程。胡建国会老去，我们这一代人会老去，如何在不再青春的年龄保持青春的境界，无疑是一个宏大的文化命题。而在我们能想到和做到的范围里，努力保持青春情绪的细水长流，却是现实的制度可以保证的。当我听到深圳有些考生只愿意读深圳大学而不愿读北大、复旦时，当我知道深圳考出去的学生可以无条件分回"故乡"时，我真有些担心：以后到哪里去找这么丰富的漂泊感受？到哪里去寻觅这么悲壮的青春抗争？

一代人有一代人的命运。渴望挑战、渴望证明的文化烙印，宿命般地刻在20世纪80年代这一代大学生的身上。1995年，胡建国终于获得了深圳的"绿卡"，或许他该歇一歇了吧。然而，在从获得调户口的允诺到正式成为深圳人的一年时间里，他感受到了一种被日常生活淹没的危险。他不再处于深圳的边缘，不再能感受到雾里看花的朦胧美，他得切切实实为调户口奔波，得认认真真考虑找对象、分房子的琐事。他猛然发现，路上夹着文件袋匆匆去求职的人少了，餐馆里"同是天涯沦落人"的独饮者也消失了。"漂泊七年，难道就是为了化作纸醉金迷的海洋里的一滴水吗？就是为了成为麻将桌上一声铿锵的音符吗？"他感到十分恐惧。于是，1996年新年伊始，他发出了《你到底在寻找什么》的自问。

胡建国和这座市民阶层正在茁壮成长的城市，一起陷入可能被日常生活淹没的危险之中。他嗅到了危险的气味，这座城市感受到了吗？平庸、琐碎、卑微的日常生活是与崇高、悲壮、英雄主义的青春文化格格不入的。面对"后新时期"铺天盖地的市民文化大潮，面对被"后现代主义"作家勾勒过无数遍的人欲横流、人心沦丧的日常生活图景，胡建国在进入与逃避之间踌躇，就像哈姆雷特面对生与死那样犹豫。

作为胡建国的朋友，作为胡建国的同代人，我无法为他做出抉择。我只想提醒他：我们这代人所接受的理想主义，是不是有点儿在生活之外确立意义和价值，并以此来要求生活的倾向呢？我们能不能在自己的日常生活中为自己立法，为自己创造意义呢？既然包括文学在内的文化应该帮助人强化和发展对生活的感应能力，应该成为我们发展自己精神生活的主要方式，那么，我想，为日常生活发现和寻找意义可能才是最最重要的。因为，我们不能总在"边缘"徘徊，这座城市也不能永远是"别人的城市"。

日常生活是否像"后现代主义"作家描述的那样礼乐崩坏，要尝过梨子才知道梨子的滋味。坦率地讲，胡建国的创作和深圳的青春文化一样，没有达到时代所期待的浓度和厚度，缺乏内在的逼人气势，缺乏高贵的单纯和静穆的伟大。一个主要的原因，就是它们还没有深入日常生活的层面，没有将青春文化的特质化作无论何时何地都在的生命血肉，就像河流之于大地，星辰之于天空。文化需要创造，但文化同样需要积淀厚度和形成定力。"我并不是英雄／在没有英雄的年代里／我只想做一个人。"胡建国喜欢的，也是一代人喜欢的北岛的这句悲壮吟唱，或许正揭示了自我价值的更有文化意味的实现方式——就在普通人的日常生活中，就在于拥有一种梅特林克所啧啧赞美的"卑微者的财富"。

山不是山，水不是水。山还是山，水还是水。有着"说不完的事，走不完的路"的建国，哪个地方才是你"真美啊，请停留一下"的归宿，哪个时候才能使你抛弃所有的忧伤和疑惧，不再"追逐无家的潮水"？我不知道。

建国，你好走！深圳文化，你好走！